淡水玫瑰

——陳秀珍詩集

「含笑詩叢」總序／含笑含義

叢書策劃／李魁賢

  含笑最美，起自內心的喜悅，形之於外，具有動人的感染力。蒙娜麗莎之美、之吸引人，在於含笑默默，蘊藉深情。含笑最容易聯想到含笑花，幼時常住淡水鄉下，庭院有一欉含笑花，每天清晨花開，藏在葉間，不顯露，徐風吹來，幽香四播。祖母在打掃庭院時，會摘一兩朵，插在髮髻，整日香伴。

  及長，偶讀禪宗著名公案，迦葉尊者拈花含笑，隱示彼此間心領神會，思意相通，啟人深思體會，何需言詮。

  詩，不外如此這般！詩之美，在於矜持、含蓄，而不喜形於色。歡喜藏在內心，以靈氣散發，輻射透入讀者心裡，達成感性傳遞。

  詩，也像含笑花，常隱藏在葉下，清晨播送香氣，引人探尋，芬芳何處。然而花含笑自在，不在乎誰在探尋，目的何在，真心假意，各隨自然，自適自如，無故意，無顧忌。

  詩，亦深涵禪意，端在頓悟，不需說三道四，言在意中，意在象中，象在若隱若現的含笑之中。

  含笑詩叢為台灣女詩人作品集匯，各具特色，而共通點在於其人其詩，含笑不喧，深情有意，款款動人。

  【含笑詩叢】策劃與命名的含義區區在此，幸而能獲得女詩人

呼應，特此含笑致意、致謝！同時感謝秀威識貨相挺，讓含笑花詩香四溢！

自序

　　淡水福爾摩莎國際詩歌節自 2016 年至 2024 年已經九屆了。我習慣以詩文為詩歌節留下軌跡，國外部分業已集結三本詩集：《親愛的聶魯達 My Beloved Neruda》、《遇到巴列霍》、《聖誕月在墨西哥》；國內部分集結 2016 與 2017 年作品，出版了詩集《淡水詩情》。《淡水玫瑰》則集結 2018 至 2024 年的淡水詩情。

　　莊金國詩人序《淡水詩情》，標題〈詩中有戲〉，《淡水玫瑰》係《淡水詩情》續集。在要山有山、要河有河、要海有海的淡水，身在觀音山與淡海之間，內心很難不時常上演小劇場。2020 年，緣分把我留在淡水，讓我從心理上的淡水人，變成地理上的淡水人。生活場域即是詩的場域，何況詩歌節年年在此撥動心弦。

　　有生之年遭逢世紀瘟疫，2020 至 2022 年外國詩人無法親至淡水，只能參加詩展與線上朗讀。我亦無法越出國境，像隻被悲傷捆綁的蝴蝶，拚命拍翅卻無法起飛；只能乖乖面對電腦寫實受困的生活受挫的心，文字集成詩集《病毒無公休》。期間福爾摩莎國際詩歌節為窒息的靈魂帶來氧氣，為陰鬱的心捎來幾縷微光。

　　2018 年淡水詩歌節一結束，我馬上把冬衣塞入行李箱，10 月隨魁賢老師飛往詩人之國，於智利春天朝聖聶魯達故居，回台馬上兌現給智利寫一本詩集的承諾，出版詩集《親愛的聶魯達 My Beloved Neruda》，因為時間的割讓，以致 2018 年淡水詩量偏少。2019 年我

參加了三個國外詩歌節，因此淡水詩量也偏低。2020 年病毒打亂全球秩序，詩人鎖在各自國境，淡水福爾摩莎國際詩歌節規模與期程雙雙縮水，詩量隨之銳減。

2023 年 9 月，國內詩人張臂迎接國外詩人重返淡水，恐慌與失序已久的生活重新注入繁花色彩。這一年秋冬涼風較常把我吹到漁人碼頭與金色水岸，孤獨行走過一個又一個魔幻黃昏，心緒波動不已。相對於疫情期間淡水詩，有比較多元的內容呈現，有較多的心理轉折。

2024 年詩歌節期間，幾場秋雨勢如飛瀑，歷年詩歌節僅見，雨、傘皆成入詩題材。台灣茶席初體驗，於紅樓以視、嗅、味三覺品嘗各式茶種，茶煙裊裊靈感湧現，更喚回母親以茶待客的遙遠記憶。

附錄【走詩淡水】，基於個人對詩歌節懷有深厚情感，花不少時間為詩歌節留下風景。於今回顧，詩路起點越來越渺遠，遠如春雲渺似秋霧。

萬分遺憾，《淡水玫瑰》無法再與恩師魁賢詩人與敬重的莊金國詩人分享了，2025 年 1 月 15 日最嚴酷的一波寒流帶走了李魁賢大師。願兩位無話不談的詩人至交在天上把詩言歡，仍然當潔癖的詩人。我寫詩時，總是假設這兩位嚴格的讀者還會讀到。

目　次

「含笑詩叢」總序／含笑含義／李魁賢　　　　　　　　　003
自序　　　　　　　　　　　　　　　　　　　　　　　005

【輯一】淡水2018
觀音與基督　　　　　　　　　　　　　　　　　　　　014
海風──在富貴角　　　　　　　　　　　　　　　　　015
台灣欒樹　　　　　　　　　　　　　　　　　　　　　017

【輯二】淡水2019
如果──在忠寮社區種樹　　　　　　　　　　　　　　020
船──淡江大學海事博物館　　　　　　　　　　　　　021
藍雪花在紫藤花園　　　　　　　　　　　　　　　　　022
百年樹──淡水楓樹湖兩百歲茄苳樹　　　　　　　　　024
身體與詩　　　　　　　　　　　　　　　　　　　　　027
豺狼──回應詩人楊淇竹〈狼語〉　　　　　　　　　　028
淡水詩會　　　　　　　　　　　　　　　　　　　　　031
秋天最後一朵紫藤　　　　　　　　　　　　　　　　　032

【輯三】淡水2020

疫情中詩歌節　　　　　　　　　　　　　　034
詩會堂——殼牌倉庫　　　　　　　　　　036
一支枯枝　　　　　　　　　　　　　　　037
山與海　風與浪——致林鷺詩人　　　　　038

【輯四】淡水2021

詩與蜂　　　　　　　　　　　　　　　　042
不句點　　　　　　　　　　　　　　　　043
不在場的詩　　　　　　　　　　　　　　044
詩歌節在淡水沒有變成化石　　　　　　　045
捷運站詩展　　　　　　　　　　　　　　046
詩人群像——淡水捷運站詩展　　　　　　047
詩旗　　　　　　　　　　　　　　　　　049
詩與桃花　　　　　　　　　　　　　　　050
秋詩——忠寮口湖子水岸　　　　　　　　051
詩歌節日做粿——石牆仔內　　　　　　　052

【輯五】淡水2022

烹飪課　　　　　　　　　　　　　　　　054
女人與房間——淡水將捷金鬱金香酒店1　056
實驗狄金森式生活——淡水將捷金鬱金香酒店2　057

掌紋──淡水將捷金鬱金香酒店3	058
詩人村在忠寮	059
長壽村在忠寮	060
忠寮詩路	061
陶板詩	064
陶瓷書	065
來去淡江大學	068
迷湯與靈藥──觀贈書儀式有感	071
詩書畫聯展	072
反戰詩──中庭詩展	073
一部分的你──致阿根廷詩人里卡多・盧比奧	074
淡水短歌	076

【輯六】淡水2023

淡水2023	080
淡水的漣漪	088
閱讀詩人──致詩人張素妹	100
法國籍的台灣人──致女詩人Elizabeth Guyon Spennato	103
小犬颱風	106
畫與話	107
詩歌共鳴──致肯亞詩人Christopher Okemwa與Wilfred Ombiro	108
Bravo! Bravo!──致義大利詩人歌唱家Angelo Torchia	109
百年瓦片詩	110

重返詩歌節	112
新故鄉與舊故鄉	113
淡水 2	115
小雪前夕	117
你的眼睛	118
藝人在金色水岸	119
移工在漁人碼頭	122
沙崙黃昏	124
Yes or No	128

【輯七】淡水2024

淡水玫瑰	130
像蝴蝶在跳舞——致詩人游淑惠	141
台灣茶席	143
淡水秋雨	148
傘	150
如果愛	151
跨越文字柵欄	153
戀愛巷	154
女人山與男人山	156
說再見以後——致摩洛哥詩人Benaissa Bouhmala	158
詩念	159
鄧公的孩子	161

附錄

【附錄一】走詩淡水──2018 年淡水福爾摩莎國際詩歌節紀要　　164
【附錄二】走詩淡水──2019 年淡水福爾摩莎國際詩歌節紀要　　176
【附錄三】走詩淡水──2020 年淡水福爾摩莎國際詩歌節紀要　　185
【附錄四】走詩淡水──2021 年淡水福爾摩莎國際詩歌節紀要　　188
【附錄五】走詩淡水──2022 年淡水福爾摩莎國際詩歌節紀要　　192
【附錄六】走詩淡水──2023 年淡水福爾摩莎國際詩歌節紀要　　200
【附錄七】走詩淡水──2024 年淡水福爾摩莎國際詩歌節紀要　　211

淡水玫瑰

012

【輯一】
淡水2018

觀音與基督

左岸有觀音　右岸有基督

觀音高枕觀音山
人潮來來往往左岸八里
漁船進進出出碼頭
處處都有觀音的眼睛
時時都有觀音的手

馬偕乘船破浪
背負使命在淡水上岸
基督扛著十字架住進右岸教堂
光照漁民商人農人
醫治漢人洋人凱達格蘭族人
信仰開花在五虎崗上
花香蔓延四面八方

左岸觀音也福佑右岸的人
右岸基督也拯救左岸的人

海風
──在富貴角

（1）

一隻雄鷹御風長征
疾如箭矢衝破九重雲門
接受天空頒贈英雄
一枚太陽勳章

一個女人脫掉高跟鞋
在海邊逆風朝聖光源
一句母語擂動四面戰鼓
推她向前向前
燈塔照見紙片身體流傳武士血液

一隻紙鳶搭上海風翅膀
追求被高海拔拔高的視界
享受遠觀紅塵的自由
風越強悍她飛得越高
風越暴怒她游得越遠

暴君竄改小草
立於天地之間的正直
萬草歪腰橫躺像敗亡的兵卒
卻還活生生聽見
龍騰虎嘯的海風化為嘆息與世訣別

（2）

海風使出史詩級強颱掌力
逼迫漁夫交出一生的海域
他聲稱自古擁有大海主權
沒有一條小魚是屬於漁船
沒有一朵浪花是為天空獻祭

一隻紙鳶乘風上騰
俯視被一根風箏線拉扯的人
紙鳥鼓動假翅獵獵狂笑
昭告天下他擁有星球主權

台灣欒樹

（1）

我的月曆樹
台灣欒樹9月戴上秋天的冠冕
頭頂無數小星星*
千風揚起飄落流星雨
每一顆星擁有我深埋心底的聲音
從幻聽至雷鳴
「我愛你！我愛你！我愛你……」
誰去幫小星星戴上三層口罩
以免她們赤裸裸的告白
驚嚇你的害羞

* 台灣欒樹花形如星。

《笠》詩刊 328 期 2018.12 月號

（2）

你我並肩走出殼牌倉庫
淡水用詩繫住我腳步
台灣欒樹和我
站在千行淚的柵欄中
送別這一個
詩聲迴繞不散的雨季

星星小花已經為你
點亮千萬盞紅色小燈籠
掛滿你的來時路

如果你能愛我比愛淡水久一點
如果你能為我寫詩多一些
我會讓你看見小燈籠裡
藏有許許多多等待發芽的思念

【輯二】
淡水2019

如果
——在忠寮社區種樹

如果果實以甜一味爭寵
缺少迷魂果香
我的詩寧可是野花

如果野花不能回絕春風誘逃
無法抵抗雷雨施暴
我的詩寧可是小草

如果小草沒有自己的舞蹈
只知隨風左右
終生暈眩撲倒
我的詩寧可是樹
撐高父親的天空
施肥母親的大地

千樹萬樹密密密密連成一大片
詩森林
壯闊如海

《淡水五年詩選》、《笠》334 期 2019.12

船
——淡江大學海事博物館

獨木舟、帆船、郵輪、戰艦
航過千年時空
一朝擱淺
在淡水海事博物館

波上歷險
志在追求新航線發現新大陸
千堆雪掀起高潮
當事故轉變成故事
有時浪漫有時悲壯

風浪、海盜、槍砲……
新聞轉眼成為歷史
總有一艘船從我心海祕密出航
千里萬里航向你
神祕磁場超載情感
深怕被暗礁狂浪翻覆
在你深不可測的海域

藍雪花在紫藤花園

(1)

日下月下慾望攀爬花架
紫藤創造高高在上的能見度

藍雪花醉在春風的搖籃裡
望見天色無一粒塵埃
多麼像無染的自己

比曲折山路還要漫長的暑夏
藍雪毫不懼怕被一團火球融化
在沒有紫藤花開的紫藤花園
藍雪孵出花影留住亟欲逃離的大地

秋風主辦舞會
藍雪花被時間遴選成為主角
一隻蝴蝶繞過紫藤
投奔藍雪

＊ 藍雪花，花開春夏秋三季。

(2)

春季紫藤爆開半月
秋飄藍雪
千葉輕輕輕輕托住呵護雪花
害怕被秋老虎熱吻融解

藍雪不向造物抱怨
被造得低矮渺小
怕星星與月亮看不到
藍雪順應時序綻開溫馨花語
不搶不奪主角風采

總會有一支詩筆
愛藍雪勝過紫藤
藍雪從不
把自己墜入煩惱的深淵

百年樹*
──淡水楓樹湖兩百歲茄苳樹

（1）

傲骨挺過雷劈電鋸
枝葉熬過風刀霜刃
見證人間炊煙斷了又續
小草舉起小花致敬英雄
群蜂嗡嗡纏繞金黃花團
媒婆群舞把春天跳成蜂蜜
高第*無法複製台灣綠建築
一隻蟬闖進鳥族的原木大豪宅
賴在梁柱納涼製造虛榮的聲量
樹沒有手可以封住蟬的嘴巴
山沒有手可以摀住自己的耳朵

* 西班牙建築師安東尼奧・高第（Antonio Gaudí）。

（2）

深秋某一天
我意外來到你身邊
為彼此交會的此刻
你堅忍佇立百多年
抗老抗衰的英雄
歷盡豪雨施暴熬過乾旱酷刑
我是你身上一滴晨露
我用一生時間愛你
你會用一生時間
遺忘你的一顆淚珠嗎？

（3）

歲月為你紋身
傲人的年輪
你用碧葉在天空書寫
千字情詩

淡水玫瑰

如果你等待的是
過客的春風
吉普賽族的秋雲
她們不會為你回頭
圍繞你的群花
也將被季節收割走

走在楓樹湖斜坡
我為你一再回眸
如果你等待的是我
我想將你栽種
在我心深處
等待春暖黃蜂紫蝶遶樹
一朵花
是一顆愛情痣

（2019.09）

身體與詩

每次進食
都感覺在替一條魚與一叢稻
活下去
身體因此富有游魚的活力
力行稻穗低頭謙卑哲學

筆向紙一橫一豎發誓
我深刻感覺詩
想替一棵神木活下去
文字因此具備抵抗暴風雪
對戰蛀蟲
長成神殿之柱的意志力

時間拎著身體
一步一步邁向塵灰
身體問詩：
你會不會比我活更久

（2019.09）
《笠》334 期 2019.12

豺狼
──回應詩人楊淇竹〈狼語〉

（1）

唯物的眼
無法容忍肥美牲禮
自眼皮底下活生生脫逃
當血色天空瘀血
豺狼竊喜穿起一身羊皮
再披上一層暮色斗篷
以貓的腳步貼向羔羊的肉體

（2）

狼引頸長嚎
對準真實的月亮
對準幻覺的月亮
吞嚥慾望的喉管
吐不出一句真情實意
狼入侵他人禁區
獵物是被他取消名字的女體

胸部的恥辱無需顧及
臀部的尊嚴無需提起
狼的故鄉在所多瑪和蛾摩拉*
不瞭解其他城市文化
女人拉長裙襬毀損花容
但狼爪沒有縮回半吋
女人埋葬綿羊之心
眼睛射出刀光劍影
踩出虎步向狼迫近

* 在聖經中是罪惡之城。

（3）

旋風撥開黑髮密林
揭露豺狼眼睛猙獰
陽光金箭射穿煙幕
天使美聲發自撒旦毒舌
崇拜政客
不如信仰一隻忠狗

崇拜情人
不如追隨一隻彩蝶
崇拜詩人大名
不如高舉一首
無名有血的詩

（2019.09.27）
《笠》334 期 2019.12

淡水詩會

天空為你跨國尋詩備好雙翼
太平洋回應秋風激情
金色水岸掀起藍波雪浪

你的詩篇醞釀異國花香
每一年我都在秋風初起中等待
你來
像信守的候鳥

我期待與你攜手
更新榕堤的風景與劇情
當夕陽被大海藏進水箱
暮色融化萬象
成為一塊黑色巧克力
你是糖分
甜度剛好

秋天最後一朵紫藤

春季紫藤盛開
四月豐饒之海掀起花浪高潮
九月殘花數朵微顫枝頭
誰是秋季最後一朵紫藤？
風頻頻使出詭計企圖影響終局

夢想為枯萎冬季
保留一抹紫色笑容
我在風中抵抗時序
終於成為
秋天最後一朵英雄

冬天情緒有時風有時雨
我須抵抗大地落葉眠床的誘捕
為了越過大寒
為了飄入你的眼裡

【輯三】
淡水2020

疫情中詩歌節

（1）

麥克風吃人的口水
忠誠勝過山谷與鸚鵡
麥克風跟隨人一字一句同步複誦
「在你的擁抱中⋯⋯」
「在你的擁抱中⋯⋯」
聲音的影子麥克風
放大秋湖裡的春日波紋
使主人聲音加倍激動

（2）

病毒把世界縮小
容不下一朵紅玫瑰
病毒把天空變大
半日航程數月無法抵達
四星級飯店改名「檢疫旅館」
國際詩歌節詩選集中斷

詩人每日寫詩保持自療習慣
不與謬斯切斷感應
一支筆不躺平
一顆心不斷電
詩無邊界
病毒被一顆紅玫瑰種子逼退

（2020.10.15）

詩會堂
──殼牌倉庫

臭油味化為一則傳說
如風遊說過眾人耳朵
詩的推手推開殼牌倉庫
國際詩歌節跨進百年門檻
海內外詩人手跡進駐
新詩在古蹟交響
多聲帶在木構老建築繞梁
謬斯聽到詩的禱詞
聖水味解渴靈魂
聖光吻亮每一張朝聖的臉
人生的高峰與低谷化為史詩
上帝擺在餐桌的酸甜苦辣
化為一碟一碟小詩
倉庫再次大豐收
詩的斤兩誰有磅秤可衡量？

＊ 2020年外國詩人被瘟疫阻斷來路，此詩追憶往年盛況。

一支枯枝

一支枯枝
未遭火刑未化為朽木
還能被明日的晨鐘敲醒

一支枯枝
存在灰燼與春枝之間
尋找明日的位置

一支枯枝
被握成心靈柺杖被揮成魔法棒
堅信耶穌復活的聖書

一支枯枝
遇到一隻蝴蝶為他瘋狂跳舞
擁有再吐春蕊的幸福

一支枯枝
為一座山懷胎在一棵樹的生產台
像聖母充滿慈愛

山與海　風與浪
──致林鷺詩人

山風橫掃大肚山
收割農作物翠綠的波浪
白甘蔗日照良好
熟成被牛車五分車接力載跑
製成偏鄉唯一含糖的歷史
我少時隱居大肚山
沒見過大魚大浪
村人提及梧棲港
臉似朝陽閃光發燙
我以為遠在地平線另一端

浪花相逐
梧棲港漁獲滿艙
住居海邊的女詩人
深知海的深闊與鹽的重量
她時常坐在爬坡的四輪車上
望向流雲下碧綠山岡
好奇被甘蔗覆蓋下的紅壤

多年後在島嶼北方
大肚山與梧棲港合體
山風與海浪在淡水
以詩暢談

（2020.12.03）

淡水玫瑰

【輯四】
淡水2021

詩與蜂

1朵比舌甜 2朵比淚鹹
3朵比心酸 4朵比藥苦
我的詩花園
隱藏我的黃金比例

在蜜中吃醋
在蜜裡飛舞
的蜜蜂
我不為你砍倒我的芒果樹[*]
我不為你改種甜菊
若你無法澈底改變味覺偏好
請你保持詩的距離

（2021.09.22）

[*] 芒果花花蜜少，花蜜含酸性和黏性物質，蜜蜂不喜歡。

不句點

人類無法把病毒抓進監獄
只好把自己關成囚徒
還沒遺忘天空的人
以筆展翅
已被大海遺忘的人
居家防疫寫實瘟疫
用小蝌蚪延續下一行
春蛙跳入古池塘
人生詩篇不輕易劃上句點
人間旅程不隨意設下邊界

死神持續用上揚的嘴角
吊死不願死亡的人類
病毒迅速變種提升殺傷力
組成全年無休全球送葬團
除了無法不心跳的夢想
出國、返鄉、旅遊……
統統被按下暫停鍵
誰為世界按下刪除鍵
刪除病毒刪除暫停鍵

不在場的詩

一對眼睛
鉤住一雙游離的魚
一條舌
捲住一個不在場的字
一雙耳
聽見一場不在的風雪
一座鼻梁
收到昨日玫瑰的遺香
一雙腳
追隨一雙缺席的鞋

＊ 因為病毒，外國詩人無法前來淡水。

（2021.09.22）

詩歌節在淡水沒有變成化石

世界與詩的關係
像大海與浪花
如山林與神木
瘟疫製造世界與詩的距離
詩歌節在淡水沒有變成化石
忠寮為詩開創一條活路
栽種理想國的奇花異樹
大屯火山群當詩路靠山
淡水河為詩忘情鼓掌
用太平洋隔離身體的人
用詩一字一句互相靠近

直面瘟疫
詩人活成綠樹紅蝶
甩開肺炎陰影
一本一本詩集含笑*
詩筆剛強
病毒只能遠遠遠遠繞過詩

* 釀出版「含笑詩叢」,李魁賢老師策劃。

捷運站詩展

淡水的秋天
詩歌的節慶
身體轉運站轉成詩的殿堂
國際詩人群像佇立中庭
與明日的李魁賢對話
牆柱垂綻詩花兩行
再世的里爾克追逐花香
長出虎頭蜂的翅膀
轉角藏詩似母鹿
靜待被明眼狩獵
外國詩人暗戀伊甸園
在捷運站以詩當眾告白淡水

* 淡水捷運站詩展包括：詩人群像、兩行詩、遇見詩（轉角詩）。

《福爾摩莎詩選 2020.2021》
（2021.09.22）

詩人群像
──淡水捷運站詩展

病毒圍攻
萬國被口罩封鎖笑容

詩為脊梁
撐起被疫情壓垮的天空
向日葵綻放黃金笑容

詩為醫護
一帖結痂傷口
一帖解消躁鬱

詩為靈糧
一碗端給心痛的男人
一碗獻給以淚為鏡的女人

詩人把詩送到群眾面前
傳播福音給看不見滿山紅杜鵑
聽不到滿耳夜鶯的人

淡水玫瑰

* 捷運站中庭有國際詩人相片立牌。
李魁賢詩人:「如果人民沒機會讀詩,我們把詩送到人民面前!」(〈淡水是我,我是詩〉2018.09.12 名流詩叢 35《日出日落》)

(2021.09.22)

詩旗

詩旗飄飄飄上台灣欒樹梢
詩旗飄飄飄進淡水人視角
詩在招手詩在開花詩在念咒
詩旗被海風求婚不隨甜言幻語私奔
詩旗被狂風撕扯拚命抗皺抗縮抗破
詩旗被微雨淋溼不褪本色
詩旗被暴雨霸凌拒隨小花脆弱
詩旗飄飄詩旗飄飄
蝴蝶花上鼓翼不為離花為聞花香
星辰有多眷戀天空詩旗就有多愛詩
詩歌節後詩自詩人心中冉冉升旗
詩的天空不隨日落

《福爾摩莎詩選 2020.2021》
《笠》詩刊 346 期 2021 年 12 月

（2021.09.22）

淡水玫瑰

詩與桃花

詩人忙著問桃樹
農夫追著問桃枝
春天的桃花秋天出版*
是提早或延誤

桃枝問農夫
先有春天還是先有秋天
農夫問詩人
先有詩人還是先有農夫

害怕詩意折舊
愧對被製成紙張的樹
詩人向桃花請益向農夫取經
冬枝不枯不哭
綻放春天的花魂

* 淡水忠寮口湖子生態園區，桃樹在中秋開花。

（2021.09.22）

秋詩
——忠寮口湖子水岸

口罩成為黑色時代標誌
詩人戴上口罩
以一半的臉
參加縮水一半的詩歌節
以詩人為名的柱樹
不在病毒團滅的黑名單
枝葉仍在風的慰撫中
綻放一蕊一蕊清甜的自由

水岸白蝶輕輕拍翅
蝴蝶效應大象也禁不住
沒有寫過詩的人
揮筆活捉野薑醉態
一行警句
白色野薑花冷香鎖不住
誰能攔阻文盲的風
闖來刪字當導師

（2021.09.22）

詩歌節日做粿
——石牆仔內

一塊粿把分居東西南北的親人喚回
親情甜甜黏黏像一塊紅豆粿
昔在故鄉大肚山過年過節
大手教導小手揉粿糰、包餡、印粿模
大灶吞火念咒　嗶嗶剝剝嗶嗶剝剝
竹籠吐出白煙滾滾
雞屎藤獻出靈魂的香味

今在新故鄉淡水詩歌節
大手找回童年的手感
揉捏成形阿媽的古早味
鼠麴草來自阿祖奔跑過的荒野
獻身節慶炊出喜氣

小小一塊粿埋進多少記憶的餡
芝麻綠豆絕非小事
統統揉進家族團圓史

（2021.09.22）

【輯五】
淡水2022

烹飪課

（1）

總舖師養成第一課
剁雞腿別賠上手指
除了手誰敢自稱烹飪大師
熱油別濺壞擁護色彩的眼球
除了眼球誰敢自稱色彩學大師
喝湯別燙傷溫室的舌
除了舌誰能擁有古代婆婆那般挑剔的味蕾
大眾口味馬鈴薯被金瓜擠出鍋外
免於為失敗的廚藝背黑鍋
咖哩雞無頑固的食譜
愛上誰就跟誰配
手路菜盛入精選瓷盤門當戶對
一首詩獻祭多層次色香味

（2）

菜刀與砧板尖銳對話
洋蔥在刀口下　心碎
廚師調味撒下兩顆熱淚
食客只嘗到一首詩的　甜

＊ 到忠寮寫陶板詩，受邀與正在烹飪的鄉親分享寫詩心得。

（2022.08.16）

女人與房間
——淡水將捷金鬱金香酒店1

不為風動
不為浪搖
觀音以臥姿禪定
成為萬物崇拜的山
天幕是她的圓頂
環繞藍鵲與星雲
大地是她的眠床
手繡牽牛花鼠麴草

「女人必須擁有她自己的房間」
維吉尼亞・吳爾芙給漂浪的女人
一把獨立的鑰匙
一把堅固的鎖
女人放下繡花針舉起筆桿
跨越祖輩歷史的門檻
推開世界文學門窗
維吉尼亞・吳爾芙微笑得像一座山

（2022.09.25）

實驗狄金森式生活
——淡水將捷金鬱金香酒店2

落地窗內裝潢銀月光
高張被長期抹黑的思想
女人實驗狄金森式生活
砍盡生活中的雜草
斬斷生命中的毒藤
栽種有機花草搖曳新世界
一桌一椅日夜傾談
一隻小鳥穿梭文字密林
一條小魚浮潛詩的海洋
孤獨的接班人
在浩瀚的孤獨中
狂喜湧現

（2022.09.25）

掌紋
――淡水將捷金鬱金香酒店3

明窗坐擁包山包海的風景
拜美教徒[*1]不約而同越出窗框
迎向和平公園芬多精
像喬木的男人[*2]忽然低頭彎腰
變成世界舞台唯一的主角
男人拾起女人樹掉下的離情
一枚淚溼的紅葉捧在手心
讀了又讀猜了又猜想了又想
葉脈化為詩人掌紋
長長的感情線穿越寬寬的手掌

[*1] 參加詩歌節的《笠》詩人。
[*2] 李魁賢詩人。

（2022.09.25）

詩人村在忠寮

長壽村收藏古屋
古屋收藏新聞
九十歲阿公把吃油不吃草的機車
騎成千里馬
追不回阿祖的牛車
拉近城鄉距離跨越三代代溝
北管大師李三有傳藝不藏私
真音假聲轉換如翻掌
嗩吶吹出節慶的高調
菩薩臉的阿媽[*1]擁有女高音的肺活量
一曲相褒歌震動少女心房
桂樹[*2]懷念遠方詩人綠手指
愛是芬多精主成分
村民辦桌用大把大把人情味爆香
詩歌盛宴正在快炒慢燉中
詩人村在淡水忠寮
白鷺停駐路口指引詩路方向

[*1] 忠寮社區理事長李鎮榮的慈母。
[*2] 2017年，國內外詩人在桂花樹3號種下一棵以自己為名的桂樹。

長壽村在忠寮

用新日曆撕掉愛哭泣的冬季
春聯比櫻紅還豔麗
公家暖爐重返藍天故居
太陽增溫為紫藤花園春祭暖身

夏天的喉管分貝最高亢
蛙與蟬競賽肺活量
小屁孩跑到池邊爬上樹巔
活捉又放生變調的紅歌星

秋天的體味誰能拒絕
桂花一簇一簇雪白金黃
古宅與深巷無法私藏
忠寮儼然露天香料大市場
月姑娘趁無人暗夜來偷香

時間的巨輪沒有擋車石
四季在忠寮隨風流轉
春櫻秋月永綻心房

忠寮詩路

（1）

釋放心中的自由鳥
任其在詩路傾吐
心中的石塊與珍珠
借路不還的蝴蝶
讀到種子花花綠綠的夢想
借花偷香的蜜蜂
宿醉於玫瑰不凋零的詠嘆調
太陽日日為詩的天空死去活來
一條詩路越寫越長
一首萬國合流的史詩
一幅人類集體的心靈畫卷
每一個人不知不覺走到這裡

（2022.08.03）

（2）

詩在路上像一顆一顆紅心*
司機在山路轉了又轉
針腳在手錶繞了又繞
現代導航器聽不見心跳

* 安置在詩路上的姑婆芋陶板,形似心。

（3）

上帝點亮一盞明燈
人、麻雀、蜂蝶……
以各自母語同聲朗誦晨禱詩
蟬以田園詩人身分駐村
朗誦一首長長長長的夏天

上帝點亮一盞夜燈
展讀萬物的另一面
解讀花與鳥的殘夢

吟遊詩人晚風
我的髮絲願借他彈奏豎琴

夜是一首憂傷如星淚
甜蜜似曇花的情詩
太陽能否解讀？

陶板詩

毛筆沾墨不多不少
在陶板上直行橫走
轉個彎又驗證了莫非定律
寫錯不該錯的字
沒有打個 X 呈現真貌
沒有畫一朵黑心菊掩飾與美化
沒有順勢寫成一首
越過自己圍籬的詩
慣性是個金牌操偶師
暗中拉扯絲線
戲偶左手抓起海綿用力擦拭真相
右手用顏料掩蓋歷史

（2022.08.03）

陶盤畫

(1)

兩條魚　游不出圓盤
兩條魚　游不出眼眶
一條黑貓跑來團團轉

一條黑貓不見了
四條小魚把她怎麼了？

(2)

詩人種花　又砍伐樹
詩人放生魚　又捕回鳥
加法與減法在陶盤搶地盤
陶盤寬容
容下天空與塗鴉

（3）

盤面現身說法
但凡容器皆無法容納萬物萬象
但
你的心比宇宙略大
我的心比你的心略大

（4）

我想在陶盤畫下愛情
愛情有長眼睛嗎？
愛情有穿國王的新衣嗎？
愛情有長蜜蜂的舌嗎？
我想了又想　想　了　又　想
愛情是什麼？愛情是什麼？
談過十次戀愛的人說她不懂
結過五次婚的人說他很困惑

閉上雙目
我終於畫下一幅愛情

（2022.09.21）

來去淡江大學

（1）

夕陽醉入學姐的相簿
夢中一顆一顆升起
照亮大學夜間部
宮燈大道越走越像隧道
新世界越縮越小
只剩一只蘋果手機
夕陽被蘋果吞掉了

（2）

列車行駛人生軌道
你埋首考古題庫劃紅線
懊惱劃不出人生重點
想不到有一天
人類把眼睛種在手機裡
考試不用筆

（3）

走過無數地圖
只記得陡峭與曲折
忘不了斷崖與幽谷
多年後再度挑戰走下 132 階
每一步都害怕把自己變成一枚落葉
秋風揚起
第一片落葉開始計數
秋天被拋棄的速度
在乏人腳印的石階
鳥鳴更加清脆

（4）

用一張一張照片
拼圖留白的校史
從黑白到彩色

拼回一句話　拼回一朵花
拼回……拼回……拼不回……

（2022.09.24）

迷湯與靈藥
——觀贈書儀式有感

詩人
為喑啞人間捕來一隻會歌唱月光的鳥
從歷史的汪洋撈回能照亮今生的落日

詩
比紅酒濃烈的迷湯
比鴉片劇毒的靈藥

詩集
一本一本延續詩人心跳
一套一套反射日月星辰光華

淡水詩情
在五虎岡上傳頌如風遠播夢想
「淡水詩人」是此生至愛的名字

* 2022.09.16 淡水文化基金會許慧明董事長，贈送詩歌節所衍生書籍給淡江大學，李魁賢老師也將個人等身著作捐贈校方。

詩書畫聯展

詩人
在油畫前站成法官
傾聽山與海對話
靜觀黑與白激辯

畫家
循書法墨色的線索
探索迷宮出口
聽見銀白秋芒
搖醒藍色大屯山

書法家
聚焦筆鋒抄寫落花
狂草間
玫瑰又羞紅了一大朵

（2022.09.29）

《笠》詩刊 352 期 2022 年 12 月號

反戰詩
—— 中庭詩展

天空下子彈不下春雨
大地開血花不開長壽菊
在一半光明
一半漆黑的地球
我們舉高反侵略思想
為我們沒有失喪的良心
要把「戰爭」逐出字典

你可以靠近再靠近
看見每一個字
具有子彈的形狀
你可以退一步再退一步
聽見每一個字
蓄滿玫瑰的聲量

（2022.10.01）
《笠》詩刊 352 期 2022 年 12 月號

一部分的你
——致阿根廷詩人里卡多・盧比奧

詩人栽種一株思念
會長高能繁殖的思念
淡水的天空為桂枝澆水
忠寮的土地為桂葉施肥
花開祝禱之意人蝶皆知
不像異國文字需經曲折轉譯

名為 Ricardo Rubio 的詩人啊
福爾摩莎是你 2017 年的意外旅程
一部分的你留在台灣
一部分的你回到拉丁美洲[*1]

Ricardo Rubio 啊
你完成了一段英雄旅程[*2]
名為 Ricardo Rubio 的桂花白了
桂花謝了　桂花又白了
你還沒再來　你就離去了[*3]
2022 年 5 月
一趟意外旅程

一部分的你留在人世
一部分的你去到天國

*1 「如今日日夜夜已逝／我感到我只剩部分回家」。Ricardo Rubio 詩〈淡水夕陽〉。
*2 名流詩叢《英雄曲 Hero Carmina》，Ricardo Rubio 著，李魁賢譯。
*3 Ricardo 參加 2017 年詩歌節，報名 2019 年卻因病缺席。2022 年 5 月離世。

（2022.10.01）

淡水短歌

（1）

扛不住黃昏的重量
夕陽瞬間落入水彩畫

（2）

想念火車痛快奔馳
用懷舊電影接軌淡水
冒煙的歌聲嗚──嗚──嗚──
穿越你耳朵的隧道回來了

（3）

春蝶被男學生掃成落葉紛飛
是春天還是秋天的幻覺？

（4）

「牧羊草坪在哪裡？」
牧羊人迷路了
「牧羊人在哪裡？」
小羊在牧羊草坪咩咩咩

（5）

夜車奔馳
黑色觀音山送行一段
往事催眠
佛洛伊德看不見我的夢

（6）

淡水河鱗片閃閃
美人魚游進眼洞歌唱
閉上雙眼皮私藏

（7）

時間自焚
一顆紅色舍利子
為一天的生命畫下完美句點

（2022.08.03）

《笠》詩刊 352 期 2022 年 12 月號

【輯六】
淡水2023

淡水2023

（1）

天空凋盡玫瑰花瓣
一輪圓月將被高高張掛
在夜空點亮人間最胖的寂寞
誰會去認領那一張大眾臉？
一張寂寞　掉進一個臉盆
一個臉盆　倒掉一張寂寞

（2）

醉漢拉起魚竿
得意的笑容永遠不明真相
一條魚背叛千波萬浪
只為一口咬住令他心狂亂
害他失眠的月光
醉魚比醉漢更加眼花撩亂
陷入無情的情網

（3）

天空引火自焚
白日陣亡
告別式無一毫克的哀傷
夜風輓歌
月亮一身貴婦絲衫
為夕陽服喪

（4）

繫住一條船遠航天堂的夢想
風來鬆綁浪來解纜
纜繩把船困住把自己綁死
一條纜繩化為一條王法理直氣壯

（5）

遇見太陽
大海露出一排一排狼牙諂媚地笑
看見月亮
大海露出一排一排狼牙鬼吼鬼叫
遇到岩岸
大海撞碎一排一排狼牙逃竄

（6）

夜貓飄過透明魚缸
貓眼圓睜尋找塑膠魚
尋找亮到發顫的星光
游不進貓眼的
一條魚否認自己是魚
一條魚張口想要吞掉發光體

（7）

如果你還有夢
你應該還會有夢中之夢
如果你還有夢中之夢
你應該還會有好幾條地平線
如果你還有好幾層星空
你應該還會有下一個港口
如果你還有下一個港口
你應該還會有下一道傷口
如果你還有下一道傷口
你還會不會有另一個夢
一扇永遠為你開啟的房門
一把加固的鎖

（8）

天空忘記關掉蓮蓬頭
爵士樂輕鬆變調
成為唱不盡的哭調

惟有菜農的熱淚
與田裡的積水不怕被淋溼
溪流喝得過飽
痛苦地排水
雨傘對抗天空四個月
渴望躲到沙漠好好躺平

（9）

雨天　就是雨天
別手撐雨傘心想太陽
夏天　就是夏天
別手撐陽傘心懷楓林
你　就是你
不會變身玫瑰或大象
電影詐騙愛情
別換上茱麗葉脫下的花洋裝
流下別人的淚
吞下別人的毒藥
睡下不該睡的覺

（10）

淡水就是終極的終點站
彎入某一條桂花小巷
別只低頭數算今天的腳趾
你將遇見一朵雲
為你調出最溫柔的花色
為你裁出女神像
別再盲目了
在她目盲之前
在她為他眼睛做水災之前

（11）

人類用力砍掉森林
鋸開鳥與樹的距離
鳥群飛越不開玫瑰的水泥叢林
落腳在有限人工樹林
貪玩大風吹的換位遊戲
被秋日養老的葉片

死命抓住百枝千條
如此熱愛年輪的風景
將移至何區？
如此多不知愁的鳥歌手
將灌醉何處的耳朵？
這一片新市鎮綠洲
將在某年某日植滿國中教室
學生翻開教科書抓到鳥攀到樹

（12）

一條魚的死被活生生公開展示
在淡水石灘黃昏
夕陽冷冷冷冷注視漸冷的新聞
被逐出名下房間的人正在尋求下一個床鋪
被風戲弄的蝶翅飛不開地牢
在廣場打滾的紅葉如新鮮的斷掌
一顆夕陽的死被大海莊嚴展示
用笑聲送別夕陽的人
舉頭迎接一輪中秋月

（13）

在新故鄉迷路
你抬腳找不到下一步
問路時常問到外籍人士
等不及導航天使
兩條小獸被風雨逼上歧路
因為一次迷路
人間多了一張天國新地圖
因為一再迷路
你拾回迷路多時的鑰匙

（2023.10.13）

淡水的漣漪

（1）

逃出病毒的版圖
避過瘟疫的網罟
脫掉口罩卸掉心防
人生主旋律重新定調
詩是不變的信仰
歌是永恆的祈禱
孤島與孤島連體
留鳥與候鳥比翼
哥倫布發現詩的新大陸
天空譜出新世界交響曲

（2）

一條人跡罕至的小徑
詩人的憂鬱遇見謬斯的笑容
詩在胎動歌在陣痛

一條人跡罕至的小徑
小到心事被放大
成為一日的包袱
長到讓人一再回頭
審視沿路播卜什麼種子

不告而別人跡罕至的小徑
孤鳥折返各自天空
留下駝背的山坡
任回憶來回攀爬
爬成長壽的藤類
千刀萬劍斬不斷

（3）

冰淇淋火速消融
捨不得舔　捨不得不舔
紅唇留下甜過的證據
小咖啡館上演實境秀
我不知如何接續上一集

你不知如何結尾這一季
咖啡被時間冷卻了
咖啡被舌尖舔光了
我已經分不清真情或假戲
我需要中場大休息
你難道不想成為觀眾或編劇？

（4）

嘗一口不需防腐的往事
酸甜交織
白天鵝在心湖迴旋跳舞
柳橙切片裹滿奶油藏在三明治
奇妙滋味無法忠實翻譯
給親愛的聶魯達
將一口最新鮮的往事
塞給不知是否失憶的聶魯達
反芻

（5）

躲在你巨人影子裡
咀嚼烈陽下萬般美好
但喬木被啃成灌木
灌木被啃成小草
午後影子玩樂高
一隻長頸鹿彷彿看得到遠方
瘦小的青鳥

（6）

謬斯擺上宴席
鋁箔包冬瓜茶插上尖嘴吸管
你吸著吸著我吻著吻著
哇　不適合入詩
怕文字罹患糖尿病
每次薩克斯風吹響昨日
就想到尖嘴吸管
好酸

（2023.10.01）

（8）

你的他方正在我腳下
你想嬉遊的河正暢快奔流
你想傾聽的浪就在我散步途中合唱
你渴望的毛毛雨
時常無預警跑來敲醒我的窗
我將用你的眼襃獎我的小鎮
用你的耳辨識海風悲喜
用我的心度你的意

（2023.10.08）

（9）

一條黑土狗
夢見自己是一尊土地公
把老街一角趴成廟
無聊看著無聊的候鳥與留鳥
為不確定的戀情在海角飛來繞去

流浪狗把人類當寵物
擁有狗眼看人的自由
面臨無常風無常雨無常雷電
人類或開花或枯朽
流浪狗趴在神壇
雲來鳥去

（2023.10.08）

（10）

我們同時想占有
我右手指爪的延伸
一支銀枝金花小叉
不因其沾滿
最後的花蜜與奶油
不確定的愛
像冰淇淋在亞熱帶
一顆心鑲嵌金花
不知禁得起幾番風雪

我又叉起一顆櫻桃
無法叉起一座山
無法叉起一勺雲

（2023.10.08）

（11）

第一道曙光鑿破夢鄉
我為你戴上導遊面具
與春天一起遲到的人說：
「你可以隨意變更行程
無論陸地　無論空中　無論海上
帶我到任何你想去的方向！」
「已經來不及了！」
「永遠別說來不及！」
言語化為火柴棒
文字化作保險絲
給未知的創世紀
增加一點光的想像

增添一把火的溫暖
伊甸園發出雷霆呼喚
我們戴上亞當與夏娃的面具
卸掉一半的腳鐐

（2023.10.23）

（12）

你將聽見我的浪潮嗎？
你將看到我的星空嗎？
你將吻到我的玫瑰嗎？
你將觸及我的心跳嗎？
我為你獻上一本詩集
你的手在哪裡？

（2023.10.08）

（13）

夜呀，請吐出妳全部的溫柔
我要沾妳最濃稠的墨汁
渲染成為德布西的月光

（2023.10.08）

（14）

讓人心悸的詩句留在夢境
讓人垂淚的愛情留在電影
海風催眠女人相信愛情
淡水河倒映多少部電影

（2023.10.08）

（15）

上弦月呀，今夜因你一瞥
我成為一顆快樂的小星星
將淚光閃成星芒

（2023.10.30）

（16）

浪花為妳一人歌唱
白沙灘為妳一人鋪展
銀月下一個人的天堂
跳不出白天鵝的雙人舞步

（2023.11.24）

（17）

想要走入謬斯的夢
找不到門
想要走入謬斯的心
找不到鑰匙
一雙小鞋
渴望擁有巨人的腳

（2023.12.22）

（18）

一隻留鳥等待一隻候鳥
等到玫瑰枯老
留鳥的妝鏡向蒼天悲訴：
「我的臉變成了一張皺紋」

（2023.12.22）

（19）

候鳥匆匆飛離
又遙念楓林吐血
一顆紅心不知如何投遞
給查無地址的秋

（2023.12.22）

（20）

一個女人在地球漫步
海風咬亂公主一頭長髮
編不成一顆候鳥甜蜜的窩巢
目標明確的浪直奔海岸
撞見一個人無法自渡的茫然

（2023.12.22）

閱讀詩人
——致詩人張素妹

（1）

瀑布必定匯成溪流
溪流必定投奔大海
詩人為了遇見謬斯來到人間
詩人的眼睛為了點燃啟明星
詩人的手為了給宇宙寫情書
詩人的鼻峰為了沐浴詩的芬多精
詩人的雙耳不僅僅為了濤聲
也為了傾聽貝殼沉默之歌

（2）

一雙清澈如公司甜溪*
照見詩故鄉豐美
在大屯山與觀音山之間
從日出男人山到日落金色水岸
詩人走踏故鄉五岡
一步一步化成詩的腳印

* 公司田溪。

（3）

一雙悲憫洞見人間疾苦
在交換人生方向的捷運站
在鳥歌舞影的翠綠公園
流浪漢睡覺以美夢覆蓋殘軀
在毒日下在寒霜中
外送員奔馳百街千巷與時間賽跑
越過人生層層路障
街頭女藝人背負幼兒
在金色水岸用一把烏克麗麗彈唱
暗夜中點點螢光

（4）

白鷺鷥、彩色列車、夕陽
森林、城堡、花香……
詩人以字為磚構築迷宮
一個立體自足的世界
用意象導航

（5）

我閱讀詩人的眼
看見自己的淚
我閱讀詩人的心
聽見自己的心跳
我閱讀詩人的唇
發現我們的共同母語是
詩
在深淵之前
詩人尋到靈魂的伴侶

（2023.05.03）

法國籍的台灣人
——致女詩人Elizabeth Guyon Spennato

（1）

淡水凜冬淅淅瀝瀝
一首長長長長的憂鬱
妳與愛侶臉上布滿春光
我迎接妳像擁抱一顆太陽

觀音山雲霧繚繞
疑有大精靈在施魔法
疑有小精靈在捉迷藏
我們與白鷺雨中相望
漫步在灰色的金色水岸

解鎖百年一瞬的歷史
清法戰場煙硝早已雲散
推開殼牌倉庫教室童話木窗
呼吸沒有油臭的波特萊爾

面對寒流
有些樹保持緘默或顫抖
我們走向那些選擇開花的樹
暖流在心肺循環歌唱
果實可望在冬季之後爆漿

* 殼牌公司早年販賣油品，具濃臭味的煤油被稱為臭油，儲存與販賣油品的淡水殼牌倉庫便被稱為臭油棧。殼牌倉庫現為淡水文化基金會暨淡水社大所在地。

（2023.02.16）

（2）

妳知道好吃的刈包藏在某條小巷
妳用太陽的臉面向台灣原住民
妳遊歷的福爾摩莎景點比我多
妳比一般台灣人更深入了解
湯德章　鄭南榕　228事件……
妳在自由廣場揮舞民主的旗幟
我為妳深戀的台灣

投下神聖的一票
妳即將以台語閱讀台灣民俗
妳準備用泰雅族語向玉山日出道早安
我是土生土長的台灣人
妳是法國籍的台灣人
兩雙手握成一座詩的橋梁

（2023.12）

小犬颱風

窗
一面閱讀我內心的暴風雨
一面觀察正在使壞的小犬
犬牙咬斷一支一支傘骨
直到太陽現身仲裁

水黃皮被扯落紫花若干
秋天削瘦如洋蔥剝落三圈
小犬攜帶兇器犬牙逃竄
冬季又向我靠近了一日
緊緊抱住你的一句夏天
恍惚中化為一座火山

* 10月5日上午8時中颱小犬登陸鵝鑾鼻一帶，並於同晚8時出海。

2023.10.05

畫與話

畫是沉默的話
話是彩色的畫
小船悄悄畫過時間的波浪
日曆撕掉 100 張
我只能為你畫一張話
我用點凸顯
我用線條延伸
我用色塊一層一層堆高
抽象的　思──念──

＊ 題畫家黃焉蓉懷何肇衢師百日之畫。

（2023.08.28）
《笠》詩刊 358 期　2023 年 12 月

詩歌共鳴
——致肯亞詩人Christopher Okemwa與Wilfred Ombiro

肯亞歌聲繚繞淡水河畔
白雲凝固觀音嶺上
忘記要去東非草原大流浪
八條弦撥動百顆心跳

你我用詩發出共鳴
幫弱勢獲得一口氧氣延續心跳
當我在槍聲中栽種玫瑰
你的心與烏克蘭同在
你的靈活在霍韋爾拉山上
肯亞人是羚羊是飛鷹是舞者是火焰
我是做成歐彄喀糯*的樹幹
我的祖先在非洲誕生子孫

* 表演藝術家 Wilfred Ombiro 來淡水參加詩歌節,帶來自製的八弦樂器。

Bravo! Bravo!
——致義大利詩人歌唱家Angelo Torchia

把厚厚的思念壓縮成一片 CD
一首淡水幻想曲
一首台灣台灣
候鳥回來了我回來了
你在跳舞我在跳舞
候鳥渴望翅膀被剪掉
留下好歌喉為淡水駐唱
為台灣國鼓舞
巨星！巨星！
福爾摩莎不斷為你鼓掌
Bravo! Bravo!

（2023.10.16）

《笠》詩刊 358 期　2023 年 12 月

百年瓦片詩

（1）

千風搬不走你
萬雨撞擊你瓦解自己
你等我一百年
我卻一瞬錯過百年
瓦片啊！瓦片！
你會以完璧之身
再等我一百年為你寫詩嗎？
但我已無百年
只餘萬年孤寂

（2023.10.15）

（2）

抵抗風抵抗雨
抵抗不了詩句紋身
抵抗不了與畫合婚
戴上詩的冠冕

披上畫的彩衣
霜與雪不再瓦上酷刑

* 詩歌節在忠寮，用百年瓦片寫詩。

（2023.10.15）

重返詩歌節

缺少對抗武器
人類用圍牆用高山用大海
隔離病毒
靈魂渴望穿越肉體的圍牆
飛往有祢的他方

詩終於
統一靈魂與肉體
倖存者與倖存者重聚
有點陌生的你
望向有點熟悉的我
盤點風雨人生重整記憶
搖動一枝眉筆忐忑寫下
一半疑慮
一半歡喜

（2023.09.22）

新故鄉與舊故鄉

搖籃曲催眠一代一代
大肚山紅嬰孩
搖籃曲催不眠時鐘
反被秒針催眠

童年草蟲遁入淡水荒野
秋風吻醒夢境
搖籃曲唧唧唧唧唧唧唧唧

走過幾處高樓集中營
在淡水新市鎮邊陲
被一樹一樹金黃鄉愁攔截
「相思花！相思花！」
父親羞於袒露愛情的一生
唯一喊得出情詩般的花名

凜冬巨風翻滾大肚山
洶湧之聲一波高過一波
青春期的耳朵以為來自幻覺
原來淡水浪濤隔空招手

童年站在公家稻埕
望向野台戲戲台西方
紅氣球迷失於村屋灰瓦後方
單人劇團一顆夕陽
流浪來到淡海

淡水2[*1]

你求一根火柴棒
要劃亮半顆地球的幽暗
她給你一輪大火球

你求幾點螢光
為迷宮人生指點方向
她送你一盞明月燈籠

你求一碗詩
解飢靈魂
她為你辦桌流水席[*2]一個月

一朵雲獲贈幾座山
日出月落捉迷藏

漁夫覓得一條河
補破網打撈一生
日日有魚年年有餘

畫家喜獲萬頃海波浪
用光影拼圖人生印象

觀音山與淡海
不與馬斯克*³交換金山銀海

*¹ 第一首〈淡水〉寫於2016年（《淡水詩情》，釀出版）。
*² 詩歌節淡水捷運詩展。
*³ 馬斯克，2024年全球首富。

（2023.10.01）

小雪前夕

白色降落傘
降落河灘
收束成為一隻白鷺
細細長長的腳偷自花的莖幹
太陽不出面
冷風吹不開白花瓣

花花草草正在為觀音
更換一條新被單
紅黃交織手染的質感

白鷺低頭照水鏡
驚見自己是一朵雲
鼓翅投奔天空
尋找失散的侶伴
以為活摘一朵白荷的浪
又　消逝了一波

（2023.1.19）

你的眼睛

世上無法直視的
除了太陽除了死亡
還有
你的眼睛

你的眼睛
必定
凝視過太陽
凝視過死亡

（2023.11.29）
《笠》詩刊 365 期 2025 年 2 月號

藝人在金色水岸

（1）

不是巫師
沒有魔法棒
卻把遊客行進的腳
瞬間固成木樁
瞬間耍成舞棍

（2023.09.30）

（2）

右岸河畔
男子蜻蜓倒立
在疊羅漢的椅子上
趾尖和觀音髮梢比高
女子剛從愛情烈焰脫逃
剩半條命在此為藝人驚聲尖叫
觀音千眼也無從判斷

特技表演與談戀愛
哪一樣保費比較高

（3）

小提琴手只用四根弦
就把一票男男女女綁架
在馬偕博士上岸處的長椅上
在圓月的肚臍下
在夜的圓腹中
奇異恩典化成音符
在心弦流淚跳舞

（2023.10.30）

（4）

無視遊客來去如風
盲女在金色水岸專注打拍歌唱

一曲〈祝你幸福〉
波動金色玫瑰複瓣
盲女伸手捕獲青鳥
妳的視力1.5看不見
眼前15歲生日蛋糕

（2023.10.30）

（5）

寒流襲向海岸襲向月球
戀人都把春天的身體
蜷縮到最深的夢裡
情人橋下惟有一盞昏灯看見
現代奧菲斯微閉靈魂之窗
真音演繹溫柔假聲詮釋憂傷
愛情畏懼流行性感冒
誰說情歌是世上最猛的藥

（2023.11.22）

移工在漁人碼頭

（1）

晚風穿透心臟
漁工鄉音抖顫
白熾燈下一把吉他伴唱人生悲歡
抹乾熱淚
在異鄉餐桌
吞嚥酸味的鄉愁
日子一餐一餐過
雙親悲苦的五官
鎖進最甜的夢鄉

（2）

天空與海洋
被黃昏熬成令人心驚的岩漿
鳥群飛向各自的山頭各自的樹梢
誰家即將燭光晚餐？
一條條難民互相擠壓

在船上漁網
父母隔一層船底
夢見魚兒換一座海洋流浪

(2023.11.02)

（3）

男子裸露
太陽長期染指的胸膛
手提水桶與極簡衣物
門外一道鐵絲網
隨意晾著幾件疲軟
簡陋且褪色的衣褲
不斷被海風翻看
口袋塞不進阿拉丁神燈
漁工用老闆的魚網
網自己的青鳥

(2023.11.29)

《笠》詩刊 365 期 2025 年 2 月號

沙崙黃昏

（1）

白紗禮服緊貼黑西裝
要讓對方聽見如鼓的心跳
用一枚婚戒套牢自己的另一半
遵循攝影師權威指導
秀出燃燒幽暗的天堂燦笑
無人間煙火婚紗照
是前生的願望
是來世的塑像
霞光燒成灰燼天地合為一體
明天的朝陽照亮誰的黑暗？

（2）

新娘是從貝殼誕生的維納斯
還是用魚尾交換雙腳的美人？
婚紗過長掩蓋真相
海面早已被浸染成為紅床單

喪失痛覺的美人毫無病識感
只知用笑容化新娘妝
高科技時代女性依舊活在童話
搬出王子城堡的我
願意成為妳的婚禮歌手
成全妳的夢幻拼圖

（3）

把白馬從童話森林拉出來
漫步人間黃昏沙灘
王子公主腳步對齊
沿著沙岸愛情曲線
展示婚紗、愛情、誓言
花枝祈禱花瓣永久保鮮
浪花但願大海不變沙田
石頭許願地球不化成爛蘋果
在捧花凋謝之前
誰將滿口誓言吹成泡泡？

（4）

　　白晝一襲水藍婚紗
　　滾上層層白蕾絲
　　黃昏換上緋紅禮服
　　以螺貝鑲邊
　　海每天穿婚紗嫁給時間
　　一隻孤鳥望斷夕陽的背影
　　無法複製海枯石爛的愛情

（5）

　　天空晾出一匹豔紅
　　時間忘記收回櫥櫃
　　我為霞光站到腳痠
　　鳥群為絲綢歌聲變調
　　美的設計師攜走圖案、色彩與光澤

　　害怕清法戰爭還未褪色
　　擔心遇見士兵紅色鬼魂

有些住民不敢此時跨出門檻
過著沒有黃昏的人生

女人走過晚霞
女人心獲得撫慰
相信天空懂得她
每月的痛

Yes or No

說 No 需要勇氣
說 Yes 更需要勇氣
向天空練習說 No
向大地練習說 Yes
向大海練習說法曖昧

向人說 Yes 卻被聽做 No
向人說 No 卻被聽做 Yes
聽力混淆時常讓人不知所措
遠古至今人類摸不透自己的心

不知道嘴巴將吐出來的
是 Yes 還是 No
當嘴巴說 No 心在流血
當嘴巴說 Yes 心在後悔
你說你說
Yes or No?

（2023.12.14）

【輯七】
淡水2024

淡水玫瑰

（1）

一朵玫瑰拔掉尖刺
不再是玫瑰
一朵玫瑰倒空血淚
變成他族異類
一朵玫瑰無端整形
應該要改名
未被玫瑰刺痛過
別說愛玫瑰
未被玫瑰吸過血
別說信仰玫瑰
未曾輸血給玫瑰
別說你是玫瑰的玫瑰
口誦一遍玫瑰心痛一回

（2）

多刺症
遺傳自老祖宗
與荊棘同病
不相憐
若無嬌蕊香瓣護體
命運無異荊棘

玫瑰與荊棘
各憑本事爭奪領地
人為玫瑰剷除荊棘
但耶穌發光的額頭
被荊棘吻去
開出比玫瑰還紅的玫瑰

（3）

身上不長刺
絕對不是玫瑰
人人看見花瓣
無人看見尖刺

荒原的野玫瑰　花園的香檳玫瑰
妳是哪一朵？　你愛哪一朵？

你右眼獻祭紅玫瑰
左眼種入傳說中的黑玫瑰

（4）

花中之花
追求美中之美
求美之道布滿荊棘
美的巔峰孤冷
玫瑰玫瑰

湧現擦不掉的傷悲
請為她施洗
用一生血淚

（5）

不戴手套撫觸花刺
滴下定情的紅寶石
刺繡一生一世的十字
若你是一隻刺蝟
千萬別回頭
連一絲香氣也別飄過心頭

（6）

全世界最濃烈的酒
香檳玫瑰灌醉你的白日夢
全天下最聖潔的月光
白玫瑰刺青在你胸口
全宇宙最溫柔的一苞火

紅玫瑰燃燒你的石心
調色盤中最受寵
一朵紫色玫瑰是孕育浪漫的子宮
你卻每天只對日記坦承：
「愛妳！愛妳！」

（7）

天空的鏡子有玫瑰的倒影
一圈指環有玫瑰的縮影
就算她隱姓埋名
就算她罹患失語症
就算她一分鐘不認我六十次
封閉我雙眼盜走我雙耳
我能精確指認
萬世選一的紅玫瑰

（8）

我的玫瑰
深植在黑暗又光亮
狹隘又寬闊的夢中
那溫柔情深的名字
是我前世的鄉愁
今生最後的禱詞
我的玫瑰
天地之間無從逃出的網罟
我無法自主
成為玫瑰聖徒
我祈禱的雙手為玫瑰存在
我詠嘆的雙唇為玫瑰綻開
我指認的手指為玫瑰等待
我顫抖的心為玫瑰敲鼓

（9）

月亮在沒有斑馬線的遠方
追隨我們和諧叛逆的雙腳
朝向上帝暗許或否決的方向
盲者可辨識
玫瑰的鞋跟敲響誰的心跳
此刻誰能裝瞎？
整片天空都笑彎了
新月的唇角

（10）

玫瑰與星空私語
淪為紙上神話
光害一再增強
星星化成天空的眼淚
我從每朵玫瑰的笑靨
收集星星的遺容

（11）

你將目光落向霞光的海面
記憶力不再僅有七秒的
現代美人魚不再多想
一刀兩斷童話的尾巴
你的眼珠向宇宙轉了又轉
剛剛為玫瑰固定了
人生暫時的方向

（12）

這條路
會通往你最後的房門嗎？
這行詩
會讓我攀過你的高牆嗎？
這朵雲
會飄到你遙指的天空嗎？
這圈戒指
會包圍你的無名指嗎？

聶魯達啊
我在自築的迷宮深處
不斷呼喊玫瑰的名字

（13）

同船面對面
你看到我未來的風景
我看到你已遺忘的倒影
玫瑰是風景
還是倒影？

（14）

船行淡水河面
天空之下還有天空
海鳥之上還有海鳥
加倍的風景
放大玫瑰的麵包與愛情

在大稻埕碼頭背對背
離愁是幸福的倒影

(15)

日落之前
你變成了向日葵
我變成了向日葵
忘記拍成電影
無需縮時的超級極短片

薰風催開花瓣
你變成了紅玫瑰
我變成了紅玫瑰
月亮看見小魚偷親嘴
來不及拍成愛情

(16)

上帝賦予玫瑰
一雙愛的眼睛
在複雜的人性面前
在充滿奧義的人間
她沒有戴起科學家
哲學家、藝術家、商家的眼鏡
一雙愛的眼睛被熱淚浸泡過
瞎過的眼睛又遺忘了　痛
即將距離火焰0公分

(17)

荒漠無法與天堂對齊
山脈終日對天空祈禱
星星澈夜向大海許願
玫瑰的禱詞往往是一個短句
或僅僅是一個單字
含在嘴裡喃喃喃喃
蜜蜂無法解讀密語

像蝴蝶在跳舞
——致詩人游淑惠

沒有澈底的黑
沒有解不開的鎖
詩人在雲的裂縫
抓捕一縷陽光
讓自己向天空茁壯
總在凍土埋入一顆希望
等待春雷鬧鐘
破土而出

月亮與海洋對望
詩與劇合唱
雙弦共鳴
和諧是最美的旋律

一聲輕嘆
秋雲就飛走了
幾滴眼淚
天空就又晶藍了
有霧
製造迷宮

以詩
留下記號

走過風雪雨霧
走出冰箱
回首時
像一隻蝴蝶
在相思樹林跳舞

（2024.04.27）

台灣茶席

（1）

一心二葉
在雲海練習游泳在濃霧中淨身
被茶人賦予身分證被茶史留名
凍頂烏龍、東方美人、木柵鐵觀音……

地球上微型的瀑布
清澈注入茶壺的深谷
創造乾燥玫瑰的花色
謎樣的心
被茶師泡出十種漣漪
任茶客品出百種溫柔
被一杯一杯灌醉的嘴
吐不出最愛的迷湯名字

（2）

最小的木乃伊
捲成條形枯葉　縮成球狀蓓蕾
用熱泉泡湯　肢體緩緩舒展
枯葉與蓓蕾重生　綻放前世清香
我聞了又聞　你吻了又吻
兩心擱淺　在小小的琥珀色海洋

（3）

茶師沖泡原味原汁
人體茶壺安坐茶席上
小口品嘗一小杯
一小杯比例完美茶湯

阿母攝氏100度
大灶生火煮沸半鍋水
倒入一把烏龍茶葉一把白蔗糖
牧師與時鐘對坐在熱板凳上

接到一碗茶煙裊裊
深紅褐色苦苦甜甜茶湯
牧師喝掉耶穌的血

茶湯回甘疑是口合甘草
我仍舊遺忘不掉無法複製的阿母
待客的農婦茶道

（4）

未知妳芳名
我用鼻腔牢記妳的香
我用味蕾暗戀妳的甘
我用眼球愛妳通體舒展
妳的名字是什麼？
我奔波在追求妳的千條路上

（5）

没有霸王花没有瘋狂草
低調花草相對素衣女茶師
泡茶慢、倒茶慢　慢　慢　慢
十指反覆禪舞
秒針不再焦躁跳腳
一杯茶湯澆滅十把心火
渴望沐浴沉默的茶香
每朵花克制流露體味

（6）

在茶葉與茶湯之間
女茶師十指默契十足
不需思考不必費心協調
茶煙自動加入十指舞團
在茶香中即興舞蹈……

（7）

台灣茶席
沒有過多嚴謹與禮儀
話題隨茶煙輕輕浮起
跨國跨界的茶敘
只需學習茶葉泡湯舒展身心
舌尖自然甜
茶湯自然香

（2024.10.05）

淡水秋雨

（1）

前路迷失
能見度只剩走過的歷史
2024 年的雨彈
炸開 2016 年的陽傘
伴奏 2023 年的雙人舞
找回 2018 年的歌詞
掀起 2015 年的波濤

小魚吞下
恢復前世記憶的飼料
瞬間變老
萬行雨催不出 3 月的花瓣
9 月　啊
9 月是一首
紅酒釀成的憂傷

（2）

垂直的雨打洞河面
誕生同心圓
像玫瑰花瓣的漣漪
一圈蕩漾在你心裡
一圈蕩漾在我夢裡
一圈淚一圈笑
一圈消瘦了
一圈在擴散……

若是一顆藍色的淚珠
掉落戀人的心
將形成玫瑰色的漩渦

傘

你撐傘
我撐傘
各自承受心事的重量
你看不見我的孤單

我撐你的傘
你撐我的傘
我消滅你一半的孤單

從此岸渡到彼岸
用最後一片薄薄的屋頂
撐起雙人的烏雲
你把身體靠近我把心貼近
「不讓妳咳嗽」、「不讓你發燒」

僅剩浮世繪的傘
撐住轟隆隆的天空了
「我願是你的傘」
「我願是妳的太陽」

如果愛

如果愛
有形狀
那必定
是你的眼睛

如果愛
有歌詞
那必定
是我的小名

如果愛
沒有裝門鈴
就把信封投進紅色郵筒
寄出一個字

如果愛
沒有翅膀
那就用腳
感動幾座山

如果愛
隔著一片海
那就變成一條魚
和千萬朵浪花奮戰

如果愛
會被月亮銀刃割傷
那就蔓延
成為萬里草原

（2024.04.15）
《福爾摩莎詩選 2024 淡水》
《笠》詩刊 362 期 2024 年 8 月號

跨越文字柵欄

丟棄如盾的破傘
踏出將沉的船
跨越重重文字柵欄

蓓蕾聞到你一絲春暖鼻息
一片一片打開玫瑰的身體
劇痛　且
狂喜

每讀一遍你
我僵固的心被捶擊
每讀一遍你
你就又呼吸了一生
下一世
你不當我的國王
我不當你的小公主

* 2024.09.20 在淡江覺生圖書館寫詩，主題有關圖書館與閱讀。

戀愛巷

（1）

陽光賴在階梯玩影子變形
雨水排隊在階梯嘩啦啦溜滑梯
男人不管寒暑不顧晴雨勇闖陡峭的戀愛巷
女人被淒風苦雨逼下戀愛巷
女人走上戀愛巷男人走下戀愛巷
男人走上戀愛巷女人走下戀愛巷
男男女女擦身而過三次的戀愛巷
「戀愛巷甚麼都沒有就只有戀愛！」
「戀愛巷甚麼都有就只缺戀愛！」
扛著暗戀重量的階梯式戀愛巷
期待你走過之後減輕她的負擔

（2）

想像四〇年代有為青年[*1]
內心悶燒外表假裝沒有冒煙
公雞每朝啼出幸福的號角

看他用腳輕輕吻醒戀愛巷
巷尾住著玉蘭花的姑娘
用膠彩建築河口的燈塔[*2]

想像才女畫家
當天色被調成蛋黃腮紅時
捨下第十一根手指的畫筆
和男詩人步下
重重音階的戀愛巷
去探望詩與畫的母親
觀音山與淡水河
和昨天有什麼不一樣

現代人打開心內門窗
爬上戀愛巷尋找靈魂的旅伴
看看眼下淡水河
和膠彩畫的漣漪有什麼不一樣

[*1] 詩人醫生王昶雄。
[*2] 淡水女畫家林玉珠的膠彩畫。

女人山與男人山

（1）

男人山
吐一顆世上最大的紅鑽討好女人心
女人山
一襲霧紗引發男人腦遐想

男人與女人
隔著一條河隔著百街千巷
隔著煙雲的傳說
隔著指指點點的花的玉指

濃霧隱蔽鋼鐵般現實
男人山會走向女人嗎？

（2024.01.01）

（2）

雲霧與女人共謀
隱蔽與露出
山高海深的藝術

女人山*秀出秀髮
秀出女神側臉
秀出女人一生的堅持
不給你一次看完全部
你只能一次又一次看到發呆
一遍又一遍挑戰拼圖
為了榮獲女人山一次回眸
為了榮登女人峰
男人山還要罰站多少世？

* 女人山是觀音山，男人山是大屯山。

（2024.09.26）

說再見以後
——致摩洛哥詩人Benaissa Bouhmala

2016年在孟加拉達卡
第一位和我握手的摩洛哥人
你讓我認為北非人都如你手心溫暖
你讓我認定北非人都和你一樣
飛越語言柵欄
2018年6月
我到你鄰國突尼西亞與詩幽會
在相隔不遠的時間
我們先後踩過幾個相同景點
2018年9月在福爾摩莎再見
你說：「這世界真小啊！」
在淡水互道「再見！」「再見！」
我們並未在你口中小小的世界再見
2023年2月
你飛到另一個不知面積的神秘世界
我打包對你的思念
也想打包這個世界
放進我未來的行李

詩念

拉丁美洲詩人一見金色水岸
脫口喊出 Hermosa Hermosa
原來 Hermosa 不是玫瑰的名字

畢馬龍[*1]精雕細琢的北非女詩人[*2]
雙眼噙淚非關黃昏
徘徊不去非關日落
她在淡水海關碼頭拾回故鄉
卡薩布蘭卡的昨日

北美詩人依偎榕堤
垂釣淡水獨家河景
傍晚風起捲走亞熱帶暑氣
詩人不自覺曲指按下快門
偷去那日落的一瞬

詩人聯手用腳占領河岸
九月無秋風無苦雨

十月深宵
一隻孤鳥思念漲潮

*1 在古羅馬詩人奧維德《變形記》中，畢馬龍愛上自己創作的雕像。
*2 摩洛哥女詩人 Dalila Hiaoui。

鄧公的孩子

鄧公的孩子像國王
擁有山擁有河擁有大海
校園是花花草草的樂園
黃蜂在花間奔忙紅蝶在捉迷藏

鄧公的孩子客串說書人
追述兩隻校狗多麼忠誠
彷彿他們還活生生
在我面前守護鄧公人
我眼睛差點降下最鹹的海水

淡水人被風景包圍
鄧公的孩子走向山迎向水
把觀音山畫成三角形的詩
把長長的淡水河寫成潺潺的歌

淡水的秋天
升起比玫瑰還瑰麗的天空
福爾摩莎國際詩歌節旗幟
擦亮鄧公孩子的眼睛

漆水玫瑰

附録

【附錄一】走詩淡水
——2018年淡水福爾摩莎國際詩歌節紀要

　　世界詩人運動組織（Movimiento Poetas del Mundo，簡稱 PPdM）亞洲區副會長李魁賢詩人策劃、淡水文化基金會執行之【淡水福爾摩莎國際詩歌節】，自 2016 年起已連辦三屆。智利詩人 Luis Arias Manzo 於 2005 年 10 月創辦 PPdM 後，在世界各國舉辦詩歌節，會員涵蓋五大洲和阿拉伯世界，約 130 國超過 9200 人，是迄今全球最大詩人團體。

　　魁賢老師一面積極參與國際詩會，把台灣與詩人推上國際舞台；一面把外國詩人介紹給台灣；為國內外詩人編譯詩集數十冊，包括福爾摩莎國際詩歌節專屬的《福爾摩莎詩選》（詩歌節後詩人詩寫淡水）、《詩情海陸》（詩歌節前詩人的詩作）。魁賢老師為詩歌節訂立明確主軸：

> 如果人民沒機會讀詩，我們把詩送到人民面前，
> 為了把淡水建立成詩的故鄉！

> If the people have no time to read poetry, we present the poetry in front of the people, in order to establish Tamsui as one of the homelands of poetry!

執行總監淡水文化基金會許慧明董事長,籌措經費續推詩歌節。累積兩屆經驗,工作團隊引爆更多創意火花。靜態詩展:(1)9月1日至10月31日「遇見詩——淡水捷運站國際詩展」;(2)9月8日至30日在「淡水文化園區——殼牌倉庫」C棟藝文展演中心舉辦「閱讀詩」;(3)9月15日至10月14日「詩的聚會所」,在淡水亞太飯店。在地藝術家策劃詩書展,主視覺意象更新,強調與閱覽者對話互動。

外國詩人看到臉書訊息自動報名者眾,魁賢老師請其2019年再來。

2018年,國內外詩人共22國46位。

國外詩人:Beatriz Valerio, Argentina、Ghassan Alameddine, Australia、Pilar Pedraza, Bolivia、Nora Atalla, Canada、Winston Morales Chavarro, Colombia、Androulla Shati, Cyprus、María Fernanda Portés, Ecuador、Mostafa Alaaeldin Mohamed Ali, Egypt、Oscar Benítez, El Salvador、Elvira Kujovic, German、Gili Haimovich, Israel、Angelo Torchia, Italy、Flaminia Cruciani,Italy、Roberta Di Laura, Italy、Narin Yükler, Kurdistan、Mitko Gogov, Macedonia、Horacio Saavedra, Mexico、Benaissa Bouhmala, Morocco、Zakariae Bouhmala, Morocco、Dalila Hiaoui, Morocco、Juvenal Sánchez Lihón, Peru、Danilo Sánchez Lihón, Peru、Mara L.

García, Peru / USA、Samuel Cavero, Peru、Daniel Cubas Romero, Peru、Ricardo Calderón Gutiérrez, Peru / USA、Luz María López, Puerto Rico、Soledad Benages, Spain、Mahmoud Al-Zayed, Syria、Rosabelle Illes, The Netherlands。

台灣詩人：方耀乾、利玉芳、李昌憲、李魁賢、林虹瑛、林盛彬、林鷺、陳秀珍、陳明克、曾美滿、楊淇竹、蔡榮勇、戴錦綢、謝碧修、簡瑞玲

第一天2018.09.21（五）文化街車／殼牌倉庫詩書發表會

15：30 齊聚淡水亞太飯店大廳，見到三度來台的 Oscar Benítez。

15：40 兩部文化街車分別以漢／英語為國內外詩人導覽五虎岡。

17：00 在殼牌倉庫詩書發表暨見面會。C棟藝文展演中心主視覺牆吸引詩人拍照。外國詩人陸續趕到。三梯次新書發表。女詩人 Gili Haimovich 與 Nora Atalla 雖聽不懂內容，但僅憑聲音已受觸動，尤其台語特具感情。

國外詩人發表新書計有：

Bolivia: Pilar Pedraza《懇請》（*Exhorto Suplicatorio*）西語
Cyprus: Androulla Shait《我等過你》（*I Waited For You*）希英土三語
Ecuador: María Fernanda Portés Valencia《空中有性》西語

El Salvador: Oscar Benítez《不朽者》（*Inmortales*）西語小說

German: Elvira Kujovic《最後的咖啡》（*The Last Coffee*）漢英雙語，秀威出版

Israel: Gili Haimovich《側根》（*Sideways Roots*）英語詩集

Mexico: Horacio Gabriel Saavedra Castillo《唐娜》（*Donna*）西語詩集

Morocco: Dalila Hiaoui書名《南方》（*Southern Breeze*）漢義雙語詩集

Peru: Mara Garcia《巴列霍：火爐詩人》（*César Vallejo: poeta de fogón*）西語評論集

Peru: Ricardo Calderón Gutiérrez《佔我心》（*Toma mi Corazón*）西語詩集

The Netherlands: Rosabelle Illes《標題》（*Title*）英詩、小說、散文合集

國內詩人發表新書：
李魁賢：《感應》台華英三與詩集（秀威・名流詩叢27）
李魁賢：《加勒比海詩選》（秀威・名流詩叢28）
李魁賢：《最後的咖啡》（秀威・名流詩叢29）
李魁賢：《阿爾巴尼亞詩選》（秀威・名流詩叢30）
蔡榮勇：《念念詩穎》（秀威・台灣詩叢6）漢英雙語詩集
李昌憲：《愛河》（秀威・台灣詩叢5）漢英雙語詩集
楊淇竹：《淡水》（秀威・台灣詩叢7）漢英西三語詩集

利玉芳：《放生》（秀威・含笑詩叢13）華客雙語詩集
　　利玉芳：《島嶼的航行》（秀威・台灣詩叢8）漢英西三語詩集
　　陳秀珍：《淡水詩情》（釀出版・讀詩人114）漢語詩集
　　陳秀珍：《骨折》（釀出版・讀詩人117）台華雙語詩集

　　迎賓晚宴於亞太飯店春漾廳，許慧明董事長唱〈淡水暮色〉，好歌喉引發共鳴。許董與魁賢師逐桌敬酒後結束餐會。

第二天2018.09.22（六）國立台北藝術大學（開幕式）

　　09：10 前往北藝大，拉美詩人無一遲到。09：30 在國際會議廳2 樓開幕，許慧明董事長致詞承諾李魁賢詩人詩歌節續辦一百年，並邀詩人為淡水寫詩。見證此一歷史性的畫面，感動不已。

　　女舞者 Roberta Di Laura 具東方典雅氣質，跳遍世界重要景點獲獎無數。三段芭蕾，特地選用東方樂曲。Angelo 去年有求必應熱唱多次，詩歌節一結束，為台灣寫了〈淡水幻想曲〉，在此開幕式為我們獻唱。

　　午餐在北藝大達文士餐廳，從落地窗俯瞰，台灣欒樹鮮黃花怒放；去歲在此晚餐，窗外燈海輝煌。

　　為讓外國詩人飽覽淡水，去年行程緊湊，今年相對輕鬆。14：00～15：30 校園導覽。15：30～17：30 在教學大樓 C403 朗讀。詩人歌手 Androulla Shati 引導合唱、牽手舞波浪。晚宴席設雅帝餐廳，菜色同 2016 年出色。

第三天2018.09.23（日）忠寮桂花樹巷／石牆仔內／琉傳天下／忠寮

　　數部中型車滿載詩人到忠寮。迎賓機車隊前導，隊員身穿制服、腰繫醒目藍花布巾，充滿節慶喜氣！浩浩蕩蕩詩隊伍緩緩穿越綠色鄉野。Dalila 在眾樹中尋獲她的桂樹。忠寮溫熱、綠蔭處處，女詩人 Elvira Kujovic 視為理想居所。

　　村民身繫花布列隊棚外，在「歡迎……我們歡喜見到你」歌聲中跳舞迎賓。絲瓜棚精心布置，有逗趣的柚子臉，地上擺著傳統喜餅與謝籃。入棚，享用特製紫蝶花茶、洛神花茶……。去歲我提議今年搓湯圓或印粿模，村民推出更具挑戰性的手工麻糬教學，鄉親說搗麵糰要使蠻力，像在生氣。

　　北管樂破空而出，〈內山姑娘欲出嫁〉歌聲揚起，轎夫、挑喜餅的迎親隊伍進場，不很工整的舞步迸發質樸的力量，媒婆挽著謝籃扭得有模有樣。一對夫妻反串新人，扮新娘的皮膚黝黑、唇紅齒白，被劇本寫成醜女，但十足可愛搶戲，他脫稿撲到 Oscar 身上引發爆笑。忠寮鄉親身兼編、導、演，讓人絕倒！Angelo 熱唱，外國詩人聞樂起舞。

　　中午到魁賢師故居石牆仔內。一百四十多歲三合院面對大屯山，春天粉櫻燦開，庭院有魁賢師詩中常客玉蘭，他的創作看板更成獨家風景。特色鄉土風味餐，詩人齒頰留香。詩人李昌憲請老闆泡他帶來的好茶分享。餐後工作團隊請詩人上車，Dalila 揮手邀集大家院中大合照。Dalila 情商智商過人，今又見識到她的領袖魅力！合照後外國

詩人順勢入老宅探索。

　　車子穿越綠樹繁花抵達琉傳天下觀光工廠，導覽員解說製作琉璃過程。階梯式大看台成為朗讀場域。Dalila 發現台灣詩人始終禮讓，因而點名我讀《詩情海陸》裡的〈大海之書〉，我則讀獻給她的〈Dalila在淡水〉與獻給同是摩洛哥人的 Zakariae〈月亮的心〉。

　　15：10 前往忠寮生態園區，小橋流水樸實可喜，草木生機盎然。

　　Benaissa 知道今年 6 月魁賢師帶林鷺姐與我去他鄰國突尼西亞參加西迪布塞國際詩歌節，遂與我聊到他去過的突國景點，以及我們 2016 年孟加拉詩歌節的點滴，他感覺世界真小。

　　越過野薑花塘，下坡穿入樹間的圍牆內古厝。外國詩人對台灣舊時豪宅非常好奇。中秋節前夕黃昏，巨月從雲隙露臉！

　　忠寮辦桌真材實料，晚宴菜色極豐。食材均出自鄉親手栽，清甜筊白筍清蒸不需沾醬。九十餘歲父老也在端菜跑桌。鄉親親製小月餅甜度適中勝市售。此日詩人同時見識到台灣民俗、嫁娶、飲食文化。

　　杜守正校長攜子表演，妻子淑文來與 Dailila 相會。兩位女歌手用好嗓音帶動氣氛！北管大師李三有高難度假聲演唱震撼全場！

　　鄉親在棚中央吊一大串肥美芭蕉，任人自行摘走。今天詩人見證了台灣民間蓬勃的創造力。

　　PPdM 創辦人暨祕書長 Luis Arias Manzo 賀函：

　　　　欣喜世界詩人運動組織所播種子已結成果實，我們凝聚於
　　　　對世界的關懷。我在 Melipilla 看到世界詩人相親相愛的合照。
　　　　每個臉龐在我眼裡就像花，強化了友愛的感覺。

首先恭喜亞洲區副會長李魁賢，讓世界各地詩人聚集台灣，這是他努力的成果。第二位是美洲區副會長 Oscar René Benítez，不遠千里多次造訪台灣。最後恭喜玻利維亞分部祕書長 Pilar Pedraza Pérez del Castillo，帶著我們組織的精神與他的丈夫參與此活動。文字的力量能平衡這失衡的世界。詩歌萬歲！詩人萬歲！

第四天2018.09.24（一）富貴角燈塔／野柳地質公園

　　詩歌節躲過前後夾擊的颱風，早上淡水路面微溼。富貴角無雨，氣溫稍降，海風不息攪亂詩人長髮。詩人沿海濱一路拍照，好不容易抵達燈塔，但週一未開放入內。魁賢師在詩人一致要求下朗讀〈燈塔自白〉。Wallid Al-Hallis 讀英語和阿拉伯語。詩人朗讀踴躍，差點無法結束。

　　中餐在富基漁港飽嘗鮮美海鮮後前往野柳地質公園。詩人朝聖女王頭腳程不一，最後群集觀景台對海朗讀，排第一位的 Oscar 剛朗讀完，豆大陣雨突襲，詩人套上雨衣快步離去。晚餐在大腳印餐廳。

第五天2018.09.25（二）總統府／康園餐廳／殼牌倉庫

　　踏進總統府的夢幻行程，魁賢老師發想，文化部和淡水文化基金會促成。早上愉悅踏進總統府入口門廊，代表尊榮的紅色地毯鋪在階梯。數十詩人入寬敞會客室坐定，陳建仁副總統前來接見，致迎賓詞

後，淡水文化基金會董事長夫人陳淑麗老師代表基金會贈送副總統五本書：《詩情海陸》第 1-3 集、《福爾摩莎詩選・2016 淡水》、《福爾摩莎詩選・2017 淡水》，並代表接受陳副總統贈禮。策劃總監李魁賢贈副總統精美的《彫塑詩集——當台灣詩人李魁賢遇見義大利雕塑家艾倫・德梅茲》，李魁賢致詞提到詩人代表的國家數已超過台灣的邦交國數。最後，副總統與李魁賢站在一起，和詩人一一握手合照。國際詩人感受到台灣政府重視詩人與詩，是詩歌之國、文化之邦。副總統贈詩人一套燙金印製總統府建築外觀的高級咖啡瓷杯和瓷碟。

外國詩人塞在小禮品店選購，最後全體在庭院中稀有的台灣油杉前合影。

午餐在立院康園餐廳，美饌名不虛傳！

下午返殼牌倉庫參觀「閱讀詩」國際詩書展。動畫詩、桌角詩、朗誦詩、窗口詩、地板詩……詩以多樣呈現並與民眾互動。詩人手持目錄尋詩，最喜與動畫詩合照。

下午自由前往捷運站或老街。驟雨讓詩人體驗不一樣的淡水。原定 16：30～17：30 榕堤朗讀，天氣不穩改在殼牌倉庫。晚餐於大腳印餐廳。

第六天2018.09.26（三）真理大學／淡江大學／淡水紅樓（閉幕式）

同於前年，今天在真理大學大禮拜堂聆賞管風琴；去年作曲家為詩人譜曲，在此大禮拜堂朗讀並演唱。

Nora 繼前天在富貴角，再次特地到我身邊邀我為她朗讀台語詩，她體認到台灣詩人一再禮讓外國詩人，所以找藉口讓我上台，但因時間短暫，來不及上台就已結束。

　　微雨中來到牧師樓二樓廊道品嘗咖啡與起司蛋糕，蔡造珉主任請詩人在粉彩紙寫即興詩，當場貼在壁報板形成繽紛詩牆，台文系無形中收藏了國際詩人手稿真跡。紅磚建築群與綠樹芳草一片迷離。

　　往教士會館途中，詩人拾起綠草間黃玉蘭，一如往年戴在頭上。

　　午餐在教士會館。脫鞋著襪成為入館儀式。陳奇銘校長簡短致詞後，詩人享用豐盛自助餐，比名店更可口的大顆阿給每年都擺上餐桌。史蹟在會館靜靜訴說馬偕故事。

　　連三年來此，去年在此開幕，我在典禮上朗讀為詩歌節所寫〈九月淡水〉，特地請好友鼎美朗讀英文版。

　　13：30 轉往淡江大學守謙國際會議中心，文學院生已入座。外語學院吳萬寶院長簡短致詞，準備充分的外國詩人輪流發表論文，都很節制在限定時間內結束。剩餘時間詩人朗讀。

　　原定 15：00～15：30 參觀校園，一如 2016 年因雨作罷。專車載詩人回飯店換裝再赴紅樓閉幕。

　　15：30 車子載詩人到淡水第一街重建街。沿兩百年古街上坡，再轉入羊腸小徑，談笑中抵達紅樓。2016 年在此捕捉落日、2017 年在此賞水岸燈火，也都在中餐廳外廣場搖扇朗讀。去年在榕堤巧遇詩歌節的外交部官員陳孝晟特地前來。María Fernanda Portés 身穿厄瓜多傳統服飾跳舞，並贈每人地圖、明信片等。

　　許慧明董事長、巫宗仁區長、蔡造珉主任、李魁賢老師、杜守正

校長頒發詩人感謝狀。閉幕大合照，人數眾多很難全入鏡。陪詩人上山下海的賀錦攝影師，有始有終完整記錄盛會。合照後無人離開，音樂一下外國詩人紛紛舞動，魁賢老師被 María Fernanda Portés 拉進舞池，其他詩人一一跟進。

閉幕尾聲 Nora 與我話別，溫柔眼眸淚光閃閃。每年詩歌節結束，我常忍不住抱住詩人痛哭，像戲已演完，我卻不願散。

晚上與部分國內外詩人，隨林鷺詩人沿蟲聲唧唧腳踏車道，前往 211 咖啡館。有一夜，詩人謝碧修為國內外詩人彩繪（Henna）。有一夜，國內詩人帶外國詩人到金色水岸散步，外國詩人大都鑽進店裡暢飲啤酒，剩伊斯蘭教的 Dalila 與夫婿跟我們回亞太，踩著夜色談笑；詩人林鷺與李昌憲則留守淡水河邊，以伴外國詩人回返。有一夜，詩人蔡榮勇與李昌憲泡茶招待詩人。有一夜……。

第七天2018.09.27（四）回首詩歌節

秘魯詩人團頒兩個國際獎給詩歌節催生者與靈魂人物李魁賢：

詩人 Mara L. García, (Peru / USA) 代表美國楊百翰大學頒榮譽獎，表彰魁賢老師：「身為作家和評論家，在台灣傳布詩人巴列霍作品的傑出貢獻，及其在學識和文學成就」。

秘魯頒發「柳葉黑野櫻、巴列霍及其土地」金幟獎，表彰魁賢老師對於台灣和秘魯文學交流所做的貢獻。

另頒「柳葉黑野櫻、巴列霍及其土地」清晨之星獎予台灣詩人利

玉芳、林鷺、簡瑞玲、楊淇竹、陳秀珍。

2017 年 5 月秘魯「柳葉黑野櫻、巴列霍及其土地」詩歌節，頒給詩人李魁賢「特里爾塞金獎」，台灣詩人組團前去，回台馬上接到 2018 詩歌節的邀請。此番秘魯詩人團前來，再次力邀，會長 Danilo Sánchez Lihón 更帶來其新書《台灣・生活・詩・友情》（*TAIWAN, VIDA, POESIAY AMISTAD*），內容涵蓋對李魁賢詩的評介、對《台灣心聲》（西英漢三語）詩作的評介，也收錄簡瑞玲論文〈閱讀巴列霍與李魁賢〉。當兩國詩人一起拉開從秘魯帶來的詩歌節布條，我忽然有時空錯置之感，從聖地亞哥德丘科到淡水，從巴列霍到李魁賢，兩國詩歌互動親密，情同手足！

淡水福爾摩莎國際詩歌節特色約略有：
1. 詩歌節前後各編譯一本國際詩選集。
2. 開啟大規模、長期詩書展。捷運詩展已屬國際空前，展期也創紀錄。我參加過的詩歌節，頂多在開幕現場擺個小攤。
3. 晚間，台灣詩人以茶或咖啡會友。
4. 外國詩人願意一再參加。國內11位固定成員，每年負責接待外國詩人。
5. 口譯團隊陪伴詩人隨時提供服務，國際詩人賓至如歸。
6. 大量影像記錄每一個感動的瞬間。

早上我陪魁賢師在旅館大廳一一送別詩人後，魁賢師轉身即投入明年詩歌節前置作業，同時編譯會後《福爾摩莎詩選・2018 淡水》。10 月中旬我將陪他前往 PPdM 舉辦的智利詩歌節。國內詩人已在密謀明年的夜間詩會。展望詩歌節，無盡美好想像！

【附錄二】走詩淡水
——2019年淡水福爾摩莎國際詩歌節紀要

淡水文化基金會許慧明董事長,依舊一肩扛起詩歌節重任,對鄉土對文化充滿奉獻熱情與使命感。

阿根廷詩人 Ricardo Rubio,因病缺席。去年因報名已額滿,延至今年參加的墨西哥女詩人 Arcelia Cruces de Aizpuru,不幸 6 月病逝。我們相識於 2018 年智利詩歌節,她視我如女兒,合照必招手喚我站她身邊。她的詩細膩優美。

2018 年 10 月 PPdM 舉辦第 14 屆智利【詩人軌跡】國際詩歌節,我陪魁賢師前往;2019 年 4 月他單獨赴希臘第二大島艾維亞島(Evia),參加第 2 屆希臘哈爾基斯(Chalkida)國際詩歌節;2019 年 5 月羅馬尼亞第 6 屆雅西(Iași)國際詩歌節,林鷺詩人與我陪他前往。12 月 3 日老師又將帶領台灣隊參加 Horacio Saavedra 舉辦的墨西哥鳳還巢第 1 屆國際詩歌節。

2019 年詩歌節,三展場把詩送到人民面前:

(1)「淡水捷運詩展」,9月6日至10月31日;

(2)「殼牌詩展」,9 月 6 日至 29 日在殼牌倉庫 C 棟藝文展演中心,張炳煌以書法表現國際詩作,執行祕書王一穎導覽;

（3）「淡江詩展」，8月27日至10月15日「淡水、海洋與生態詩畫聯展」，在淡江大學文錙藝術中心展覽廳。
2019第三屆淡水福爾摩莎國際詩歌節，國內外參與詩人共17國34位。

國外詩人：Ricardo Rubio, Argentina、Maria Rivanilda dos Santos, Brazil、Agnes Meadows, Britain、Dominique Gaucher, Canada、Jean-Pierre Pelletier, Canada、Margarita Rodríguez Palma, Chile、Jose Rolando Bedoya Avalos, Colombia、Luz Elena Sepúlveda Jiménez, Colombia、Robert Max Steenkist, Colombia、María Fernanda Portés Valencia, Ecuador、Oscar Benítez, El Salvador / USA、Elvira Kujovic, German、Ati Albarkat, Iraq / USA、Angelo Torchia, Italy、Hussein Habash, Kurdistan、Arcelia Cruces de Aizpuru, Mexico、Elena Liliana Popescu, Romania、Soledad Benages Amorós, Spain、Maria José Castejon Trigo, Spain、Karen Head, USA。

台灣詩人：王一穎、利玉芳、李昌憲、李魁賢、杜東璊、林盛彬、林鷺、陳秀珍、陳明克、楊淇竹、蔡榮勇、戴錦綢、謝碧修、簡瑞玲。

第一天2019.09.21（六）迎賓／殼牌倉庫詩書發表會

連三年下榻於亞太飯店。今年會客室牆面無詩人肖像展。中午魁賢老師到飯店宴請提早抵達的外國詩人，詩人林鷺、謝碧修與我作陪。

過往三年首日，國內外詩人都分搭以漢英導覽的文化街車巡視五虎崗，再往殼牌倉庫。下午2：40詩人於飯店搭專車直奔殼牌倉庫，進行見面會與詩書發表。下雨，許慧明董事長早在殼牌倉庫笑容可掬迎賓。

主視覺意象，觀音山簽滿詩人名，詩人彷彿成為觀音山的一棵樹或一朵花。觀音山前地板呈現淡水河波浪起伏詩行。詩書展區吸引詩人。詩展以張炳煌智慧e筆書畫呈現掛於牆上。

參與詩書發表會詩人：台灣李魁賢老師、陳明克、楊淇竹；羅馬尼亞 Elena Liliana Popescu；薩爾瓦多 Oscar Benítez；西班牙 Soledad Benages Amorós；美國 Karen Head；伊拉克／美國 Ati Albarkat；庫德斯坦 Hussein Habash……。羅得彰老師擔任英文口譯，林盛彬老師與杜東璊老師幫忙西班牙語口譯。林鷺詩人為 Elena Popescu 朗讀漢語詩。

賀錦攝影師三年來跟著詩歌上山下海，還應詩人需求以摩托車載送。他是「詩歌節的眼睛」，一見他我就自動變成蒙娜麗莎。顏志新老師從2016年就開始用相機追隨詩歌節。

基金會特地安排專家為詩人深入介紹C棟藝文展演中心的建築細節。

風雨中搭車返飯店。迎賓晚宴，外賓接受筷子的挑戰。

第二天2019.09.22（日）將捷金鬱金香酒店開幕式／球埔藝文之旅

9：20 專車開到新開幕的將捷金鬱金香酒店。人群魚貫走向貝殼餐廳，過中庭驚豔於大型雕塑與水影蕩漾。

顏神鈦祕書主持開幕。退休的吳仁修外交官也出席。許棊明董事長與巫宗仁區長等貴賓一一上台致詞。表演嘉賓綠豆芽合唱團與義大利歌唱家 Angelo。合唱團演唱曲目兼顧台灣各族群。魁賢師的〈島嶼台灣〉被編曲歌唱舞蹈，用更多元藝術形式呈現台灣意象。

Angelo 三度來台奉獻歌聲。今年主要演唱他為台灣創作的〈台灣台灣〉、〈淡水幻想曲〉。誠如〈台灣台灣〉歌詞，他被新的旅程帶到台灣身邊，看不到台灣時，會夢想見到台灣，台灣活生生在他思念裡。昨天他身體微恙兼有時差，但今天演出魅力十足，澈底發揮職人精神。他尚不慣台灣美食，去年迎賓晚宴只取最後上桌的小蛋糕。

會後在氣氛佳的會場，許董問我對開幕式看法。我說以客為尊的完整規劃，加上熱情貼心的主人，詩人感覺備受禮遇。

午餐在名不虛傳的賈佰二老淡水餐廳。午後兩點前往雲門劇場，綠樹夾道寧靜幽美。參觀魁賢師族親李永沱畫展後，熱氣漸釋，詩人移步戶外日光平台飽覽山水，進行「日光詩會」朗讀。

午後 4 點重返老淡水高爾夫球場（一百周年），詩聲在碧草如茵中傳播，感謝紀文豪會長及台灣高爾夫俱樂部協助。夕陽鍍金黃昏

球場。揮別繡球花，步向金色水岸，天空瞬息萬變。晚餐在 La Villa Danshui。

第三天2019.09.23（一）淡江大學與河岸人文巡禮

09：30 前往淡江大學。林盛彬詩人導覽覺軒花園。設計以傳統榫接技術。蓮池、園石、扇形門窗、假山……，博得外國眼球青睞。

10：00 在文錙藝術中心，「淡水、海洋與生態詩畫聯展」開幕。牆上掛滿台灣詩人配詩的畫作，還有紙本書，詩以張炳煌 e 筆書法呈現。

午餐在驚聲國際會議廳，鐵盒便當彰顯環保意識。

13：40 在五層樓船型建築海事博物館參觀「船歌」攝影展。所有手工船艦模型依原船結構比例縮小。15：00 船舷詩會。智利女詩人 Margarita 獻詩聶魯達。外國詩人踴躍朗讀。最後在簽名的卷軸留詩。

15：40 前往淡水老街，以便詩人購買紀念品。17：30 到位於河岸 2 樓的無論如河書店。空間有限，台灣詩人坐露台，融入夕陽霞彩。即興舞蹈家在詩人朗讀後，即刻用舞蹈詮釋。

19：00 到福來餐廳享用在地美食。餐後沿水岸散步返飯店，觀音山燈如燦星。

第四天2019.09.24（二）埔頂學風之旅

09：10 前往真理大學。純德小學生二人一組高舉詩人名牌，詩

人跟隨各自的小天使參觀淡江中學，行過 1882 年創立的牛津學堂、1884 年創立的淡水女學堂，以及教堂、八角塔……。小學生英語導覽，美國女詩人 Karen Head 盛讚比她所教大學生更優秀。

百位純德小學生一字排開在馬偕故居前，童聲朗誦馬偕第三代柯設偕教授〈詩美之鄉〉。

11：30 埔頂詩會於淡江高中禮堂。魁賢老師一一介紹詩人，小學生掌聲如雷。王意晴老師深入介紹柯威霖。

出禮堂見純德師生來道不斷微笑揮手，重現拉美人熱情，詩人一路與學生擊掌。午餐在牛津藝術中心。

14：00 在真理大學國際會議廳，聆賞「埔頂音樂饗宴」後進行埔頂詩會，朗讀與馬偕相關的詩。16：00～17：40 自由參觀紅毛城與海關碼頭園區。晚餐在大腳印餐廳。

第五天2019.09.25（三）忠寮自然山林之旅

忠寮參與詩歌節始於 2017 年。08：50 從亞太搭專車前往紫藤咖啡園。紫色家族花臉迎人。鄉親在紫藤隧道掛詩版，詩人一入此區即忙著尋自己的詩。專人導覽園區及周邊公司田溪一帶。園區老闆介紹茶樹精油製程。節目高潮是種茶樹。

社區招待豐盛自助午餐，包括甘藷與藷葉製成的蛋糕。杜守正校長帶領水源國小擊鼓；餐後有扯鈴、騎獨輪車表演。顏志新父子彈吉他合唱〈淡水暮色〉。社區發展協會李鎮榮理事長高齡的雙親，先後中氣十足唱民謠。北管老師李三有，拉胡琴吹嗩吶，假聲男高音絲毫

不遜於西洋聲樂。

　　非紫藤花季幸有眾多秋花捧場紫藤詩會。Angelo 演唱〈台灣台灣〉、〈淡水幻想曲〉。李鎮榮理事長請 Angelo 明年為忠寮帶來〈忠寮忠寮〉。

　　前往楓樹湖。木蘭成林，樹齡逾半百。

　　沿山間狹仄步道上坡抵達「巨石花園」，全區幾乎都是安山岩。最後朝聖逾兩百歲枝繁葉茂茄苳。詩人與樹大合照。

　　專車開往捷運站。詩展分三類：1.淡水兩三行詩 2.轉角詩 3.外國詩人整首淡水詩。有一整面牆，把 Oscar Benítez 的捷運詩做成明信片，吸引觀眾合照打卡。

　　18：30 捷運詩會在中庭進行，過客駐足。晚餐餐袋包括珍珠奶茶及在地知名餐點。

第六天2019.09.26（四）總統府巡禮／關渡生態之旅／閉幕晚會

　　08：40 專車開往總統府。有外國詩人特地穿禮服或國服。10：00 陳建仁副總統到禮賓廳接見，並一一握手合照。副總統特別推崇李魁賢老師。許慧明董事長代表詩歌節贈詩集給副總統，並代表全體詩人接受副總統贈禮。Angelo 高歌〈台灣台灣〉，國內外詩人跟著熱情唱和。

　　10：30～11：30 參觀總統府。外國詩人群集禮品店。戶外風雨聲勢不小，幸好步出總統府即風停雨歇。午餐在立院康園餐廳。羅

馬尼亞女詩人 Elena Liliana Popescu 曾問我：台灣人餐餐都這麼豐盛嗎？但不論男女又都很苗條！

13：30 專車開往「關渡自然公園」。詩人跟隨導覽員踩著落葉走過木棧道。最後一場朗讀，在關渡自然公園半圓形劇場。智利女詩人 Margarita 把國旗披在身上，拉美詩人幾乎都有此習慣。

18：30 在亞太飯店水漾 B 廳閉幕。攝影師賀錦把鏡頭對準依序步入的詩人。眾人圍坐圓桌，在惜別宴吃進離愁別緒。

所有詩人都從許慧明董事長手中接到感謝狀。為感謝 Angelo 連三年為詩歌節獻唱，許董事長頒獎表彰。

哥倫比亞詩人 Jose Rolando Bedoya Avalos 頒感謝狀給許慧明董事長，與參加 2018 第 14 屆智利【詩人軌跡】國際詩歌節（Tras las Huellas del Poeta 10.17-10.28）的台灣詩人李魁賢、陳秀珍、薩爾瓦多詩人 Oscar Benítez。

閉幕又看見口譯同學的淚水。再三擁抱中，揮別 2019 詩歌節。許慧明董事長賢伉儷、駱建良先生、王一穎與工作團隊，排列門口與詩人一一握別，駱先生與我握過手順便把我拉進送別的隊伍中。

第七天2019.09.27（五）回首詩歌節

良好健保與治安，便利的生活機能與人情味，台灣躍升全球票選最宜安居，國際詩人親來見證。

第三年捷運詩展，執行祕書王一穎與真理台文系五同學投票摘出詩展警句。

兩夜茶會。李昌憲詩人自製陶杯贈詩人。詩人接到刻有自己姓名的杯子滿心歡喜。蔡榮勇詩人在詩歌節前就為詩人以畫配詩，詩人接獲禮物愛不釋手。

　　跨入 2020 詩歌節籌備期，不少詩人已向魁賢老師預約。

　　各國詩人繼續詩寫並記憶淡水之美，彰顯台灣意象。

【附錄三】走詩淡水
──2020年淡水福爾摩莎國際詩歌節紀要

無法預測疫情何時終結，2020淡水福爾摩莎國際詩歌節遭遇空前難題。策劃總監魁賢老師自述於6月23日向淡水文化基金會許慧明董事長提出方案：

（1）趁勢停辦，因歷年籌措經費困難。
（2）2020年停辦，2021年再視情況。
（3）規模縮小，以16位報名的國內詩人為主，若8月底疫情終結，外國詩人能來幾位就算幾位。
（4）改為網路詩歌節。
（5）其他方案。

7月21籌備會，議決綜採第3第4方案：
（1）詩會以網路進行，詩人讀詩影音貼在網路。
（2）辦兩場杜聰明博士紀念音樂會。9月25日在淡江大學文錙音樂廳、9月26日在淡水文化基金會殼牌倉庫。
（3）魁賢老師負責印製《詩情海陸》第5集。
（4）魁賢老師在臉書貼文與相片介紹國內外詩人。

第一天2020.09.25（五）下午開幕

詩歌節配合淡江大學創校 70 週年校慶。

14：00 於淡大文錙藝術中心開幕。王高成副校長、淡水文化基金會許慧明董事長、杜聰明獎學基金會董事長杜武青致詞。洪澤南老師吟誦杜聰明五首七絕（今年《詩情海陸》第 5 集的序詩）。

茶敘後，播放外國詩人朗讀影片。接著音樂會，台北愛樂室內及管弦樂團登場，包括女高音林慈音、小提琴朱育佑和余道明、中提琴歐聰陽、大提琴歐陽慧儒、鋼琴陳倩芬。主題曲莫札特的〈嬉遊曲〉與黃乾育〈遙想杜思牧〉。另有〈四季紅〉〈西北雨〉〈淡水暮色〉等，以及義大利詩人 Angelo Tochia 創作的〈台灣台灣〉。

中場休息後台灣詩人朗讀，16 位分兩梯次，26 日有新書發表者今天先上場。晚宴於大腳印餐廳。中南部詩人被安排到忠寮社區民宿，鄉親熱情款待。次日社區發展協會李鎮榮理事長帶領參觀天元宮。

第二天2020.09.26（六）下午

14：00 於殼牌倉庫新書發表暨音樂會。音樂會曲目絕大部分同於昨日。13 本新書發表，皆秀威出版：

李魁賢：《日出日落》、《福爾摩莎黎明時》、《白茉莉日誌》、《在薄層光下》、《沉默的蘆葦》

莊紫蓉：《秋的低語》

李昌憲：《人生茶席：台灣茶詩》、《露珠》
謝碧修：《圓的流動》
林　鷺：《變調的顏色》、《生滅》
陳秀珍：《親愛的聶魯達》
楊淇竹：《冬日，在俳句內外徘徊》

　　09.27（日），林鷺詩人精心安排三天兩夜基隆詩旅，延長詩歌節。夜宿海科館容軒園區。雖雨不停，無緣見識旭日蹦出海面，但林鷺詩人的海岸祕境、仙洞巖與一線天、佛手洞、南雅奇岩等都讓我印象深刻。此行寫詩不少，尤其關於魚的主題，但未收入本詩集。

（2025.4.10追記）

【附錄四】走詩淡水
——2021年淡水福爾摩莎國際詩歌節紀要

日期：2021.09.19（日）

  病毒猖獗，繼去年無法邀集外國詩人。魁賢師與淡水文化基金會許慧明董事長，再次為如何舉辦無外國詩人在場的詩歌節傷透腦筋，籌備會延半年至五月一日，最終議定詩歌節縮為一天。詩歌節前例行性出版的《詩情海陸》，魁賢老師改為編譯一冊《淡水五年詩選》（2016-2020），共收22國41位詩人190首詩。

  參與詩人：李魁賢、方耀乾、王亞茹、林鷺、莊紫蓉、陳秀珍、陳明克、楊淇竹、蔡榮勇、戴錦綢、謝碧修、簡瑞玲。

  中南部詩人提前三天北上，入住將捷金鬱金香酒店，最後一晚轉住漁人碼頭休閒旅館。

上午在忠寮口湖子生態園區,開幕/新書發表會/徒步文史導覽

　　上午 10 點開幕。賴淑玲老師引導專車載詩人暨行李到忠寮。公司田溪上紅橋布置得喜氣洋洋。杜守正老師帶領忠寮合唱團獻唱〈看到忠寮〉。蔡造珉主任總是亮點。嘉賓一一致詞。許慧明董事長致詞說,推動淡水成為世界文化遺產城市,隨時可能美夢成真。魁賢師致詞表示,當初舉辦詩歌節呼應董事長推動淡水成為世界文化遺產城市,只要舉辦不懈,當會有達標的一天。忠寮社區發展協會李鎮榮理事長致詞表示有意打造文化步道,以石頭或陶板呈現淡水詩篇。小說家淑文提議合照給摩洛哥女詩人 Dalila Hiaoui,後來我把照片貼在臉書。

　　詩歌節重頭戲新書發表,今年首次走出殼牌倉庫,由淡水社大范情副主任主持。發表者依序為:

1. 林鷺《海的聲音》(秀威)
2. 陳明克《海芋都是妳》(秀威)
3. 蔡榮勇《再過一年》(秀威)
4. 方耀乾《台灣隨想曲》(島鄉)
5. 陳秀珍《病毒無公休》(釀出版)
6. 楊淇竹《森》(釀出版)
7. 王亞茹《居服員對白》(釀出版)

五本國際詩集未參加發表：魁賢老師編輯的《淡水五年詩選》，以及漢譯四本外國詩人選集（秀威名流詩叢 39-42）：《英雄曲 Hero Carmina》（Argentina / Ricardo Rubio）、《街頭詩 Poetry on the Street》（Turkey / Efe Duyan）、《故意遺失 Lost on Purpose》（USA / Karen Head）、《世界在燃燒 The world is burning》（Syria / Shurouk Hammoud）。

李鎮榮理事長親自導覽。園中 2019 年詩人栽植的澳洲精油茶樹已高過人頭，理事長請大家摘一小撮葉子搓搓，竟搓出記憶裡的香。

在魚菜共生園區享用素食便當午餐，鄉親特製石花凍招待。

下午在石牆仔內，做粿／朗讀與音樂／閉幕

分乘轎車前往石牆仔內。1871 年李家第三代祖先李山石（戀民）建造此三合院房子，到今年剛好 150 年，為淡水忠寮李家九間古厝之一，也是被推舉為諾貝爾文學獎詩人李魁賢祖居地。當年要建一間茅屋已不易，此宅磚瓦建造，還修築石牆禦匪，當地人稱「石牆仔內」。因其特殊性又有大庭院，近年幾乎成為詩歌節重要據點。

眾人坐在庭院樹蔭與大傘下，李國雄先生示範草仔粿製程，包餡與印粿模則留給參與者。體驗後，洪靖翔與張傑主持三輪朗讀，穿插國寶級北管老師李三有帶團表演〈趙匡胤掛帥〉、〈流水〉等，杜守正老師用吉他自彈自唱，李鎮榮理事長的慈母示範演唱相褒歌。三個不同類型表演豐富了音樂的內涵。忠寮鄉親首次參與朗讀，有備而來

無比精彩。尾聲，杜守正老師再度帶領包括李鎮榮理事長在內的忠寮合唱團合唱〈看到忠寮〉。

閉幕式，李鎮榮理事長說：「時間有限，感情無限！」

許慧明董事長感謝理事長把詩歌節辦得有聲有色，並表示不論疫情多嚴峻都會克服萬難續辦。李萬得前理事長衷達竭誠歡迎詩人再來，還說臉書常出現來過忠寮的德國女詩人，他都會按讚。詩會結束，魁賢老師彎腰與坐在輪椅上的鎮榮理事長的慈母相認親戚關係。

帶著伴手禮草仔粿依依踏上各自歸途，約定明年再會。

特別感謝賀錦攝影師，背著重裝備記錄詩會。

捷運站詩展2021.09.18-10.31

邁向世界文化遺產城市，淡水需要比其他城市具備更多彩的文化風景。捷運站詩展始於 2017 年，當時巨大牆面展示詩與詩人肖像，造成視覺震撼。2020 年瘟疫蔓延，詩歌節續辦與否兩難，以致沒規劃詩展，2021 年恢復。詩展集中於淡水捷運站：【詩人群像】、【兩行詩】、【遇見詩】。展期 2021.09.18 至 10.31。

【詩人群像】立於中庭訴說淡水因緣；【兩行詩】在牆柱，詩短情長；轉角處藏著【遇見詩】，把淡水寫成風景明信片。

【附錄五】走詩淡水
——2022年淡水福爾摩莎國際詩歌節紀要

指導單位：文化部
主辦單位：世界詩人運動組織、財團法人淡水文化基金會、淡江大學、新北市忠寮社區發展協會、淡水社區大學
協辦單位：淡水區公所、淡江大學外國語文學院、淡江大學覺生紀念圖書館
贊助單位：將捷金鬱金香酒店
台灣詩人22位：方耀乾、王亞茹、王聖元、利玉芳、李昌憲、李魁賢、杜守正、林怡君、杜東璊、林盛彬、林鷺、莊紫蓉、陳秀珍、陳明克、楊淇竹、楊巽、蔡榮勇、戴錦綢、戴毓芬、謝碧修、簡瑞玲、羅得彰。
參加線上朗讀與詩展的外國詩人15位：Luis Arias Manzo（智利）、Oscar René Benítez（美／薩爾瓦多）、Dalila Hiaoui（摩洛哥）、Sujit Mukherjee（印度）、Angelo Torchia（義大利）、Javier Vindel（宏都拉斯）、Malachi Edwin Vethamani（馬來西亞）、Stephane Chaumet（法國）、Karen Head（美國）、Khédija Gadhoum（美／突尼西亞）、Maria José Castejon Trigo（西班牙）、Nora Alarcón（秘魯）、Soledad Beneges Amorós（西班牙）、Carlos Mitru（墨西哥）、

Christopher Okemwa（肯亞）。

系列活動：
● 淡水捷運詩展
展期｜09.10（六）－10.31（一）
地點｜淡水捷運站
● 淡水福爾摩莎國際詩歌節詩集書展
展期｜09.12（一）－09.23（五）
時間｜平日 08:20-21:50／假日 09:20-16:50
地點｜淡江大學覺生紀念圖書館
◆ 淡水福爾摩莎國際詩歌節詩集書展系列專題講座
（地點：覺生紀念圖書館2樓閱活區）
場次一
講題：李文進老師：「聶魯達的情詩與無盡的愛」
時間：9月15日（星期四）12:00-13:00
場次二
講題：顧錦芬老師：「日本近現代詩選賞析」
時間：9月22日（星期四）12:00-13:00
場次三
講題：吳凱書老師：「愛、死、與老年困境：Derek Walcott 晚期詩歌評介」
時間：9月23日（星期五）12:00-13:00

●藝術新視界—明日的圖像與色域想像
（地點｜淡江大學文錙藝術中心）
展期｜09.13（二）－10.18（二）（時間｜09:00-16:00）
◆參展藝術家座談會
日期｜09.30（五）（時間｜09:00-16:00）
●2022淡水福爾摩莎國際詩歌節—國際詩文交流大會
地點｜淡江大學、忠寮社區
活動時間｜09.16（五）－09.17（六）（時間｜09:00-16:00）

2022.09.15（四）

　　淡水福爾摩莎國際詩歌節邁入第7屆，外國詩人第三年無法親來，只參與線上朗讀與詩展。魁賢老師將策劃總監交棒給林盛彬老師，彰顯傳承久遠心意。

　　下午抵達捷運站，眼睛為詩展放光芒。詩展延續去年規模，今年主題：反戰與環保。【詩文地圖】指引詩與詩人存的位置。序詩〈水源國小e那一條歌〉，杜守正老師、陳明章老師、張家焜、張正儒等人作詞譜曲。

　　許慧明董事長下午3點多在淡水捷運站親迎詩人。賀錦攝影師也現身拍攝。

　　詩人入住將捷金鬱金香酒店，想起2019年在此盛大開幕。詩人結伴到附近和平公園。猶熱，惟落葉與紅葉宣告時序入秋。魁賢老師彎腰拾起紅葉觸動了我，將之入詩〈掌紋〉。今年1月19日開幕的

藝文步道，展出不少笠詩人詩作，惜因疫情暫停開放。

2022.09.16（五）在淡江大學開幕／淡江大學文錙藝術中心

　　10 點入淡大圖書館 2 樓閱活區，被架上數百詩書震撼。自己所有的詩集竟無一闕漏。原來是淡水文化基金會許慧明董事長贈書給圖書館收藏。

　　牆上魁賢師名言：「生活，就是我的詩；詩，就是我的生活」。「淡水福爾摩莎國際詩歌節詩集書展」至 9 月 23 日，再由覺生紀念圖書館闢專室收藏。展出內容包括魁賢老師策劃的各種詩集與所編選在國外出版的各種雙語《台灣詩選》，以及外國詩人所贈詩集等。

　　許慧明董事長致詞：「大家早！剛才陳副校長和區長都一一和大家招呼，各位貴賓、各位好朋友，我就不一一唱名，且用我們淡水標準的問安方式：『大家平安！』七年前我很榮幸，和李魁賢老師討論如何幫助我們深愛的淡水這座世界文化城市，在世界上更加讓人看得見，更加讓人重視。李老師建議說是不是我們在淡水推動福爾摩莎國際詩歌節。之後我們好不容易得到淡江大學支持，也得到全淡水每位五虎崗上好朋友的參與，特別感謝巫區長，那時新北市政府文化局還不敢參與，我們淡水區公所一直是福爾摩莎詩歌節的協辦單位，感謝巫區長！我們從 2016 年一直走沒中斷掉，我們已經連辦第七年，期間曾因資金問題讓我們懷疑能否繼續辦下去。我很感謝李魁賢老師，他總是不畏艱難堅持幾乎全年無休為詩歌節做準備，請大家跟我一起用熱烈掌聲感謝李魁賢老師！我很高興李老師是我

們忠寮人，忠寮社區發展協會不只支持李老師，支持福爾摩莎國際詩歌節，忠寮詩路還將要在明天揭幕，大家明天務必到忠寮，我們感謝李鎮榮理事長！李老師和所有參與國際詩歌節的詩人老師，今年詩歌節的形式，在李老師交託任務給盛彬老師之後，我感覺今年我們的詩歌節有許多不同的地方，在淡江大學我們有詩書展，有詩畫展；在忠寮有詩路，走出詩的獨一無二的文化。感謝盛彬老師！感謝多年來持續支持福爾摩莎國際詩歌節的詩人老師！深深感謝你們！」。

魁賢師語重心長致詞：「建造世界文化城市的路途長遠，我嘗與淡水文化基金會許慧明董事長說，我們要舉辦淡水福爾摩莎國際詩歌節一百年，但人的生命有限，任何人都只能當做理想，不可能做到，可是以創辦已經 72 年享有盛名的大學來推動就有可能。如果淡江大學能成為國際詩交流中心，與淡水文化基金會繼續加強合作，加上淡江大學林盛彬教授多年來實際參與淡水福爾摩莎國際詩歌節的策劃與活動，如今又有一批各系教授實際加入，成為一個團隊，定將更為活躍。讓我們共同努力！」

許慧明董事長代表淡水文化基金會贈書（魁賢老師策劃的詩叢）給淡江大學，由陳小雀副校長代表接受。

魁賢老師回應館方典藏其作品美意，將個人等身著作及所藏國外詩人作品共 355 本詩集贈給校方，且還將繼續整理捐出更早在印度、蒙古和中美洲交流收存的詩集。

巫宗仁區長每年詩歌節都參加開幕表達支持。

開幕影片集結 15 位外國詩人朗讀。

下午14：00在淡江大學文錙藝術中心,「藝術新視界：明日的圖像與色域想像」聯展。畫家、詩人、書法家共聚一堂。15：10詩人參訪校史館。

2022.09.16（五）16：30回到將捷金鬱金香酒店

望高樓夕日音樂會,杜守正老師一支口琴一把吉他,熱情彈唱水源生活的歌。

2022.09.16（五）18：00-20：00晚宴暨新書發表會

新書發表會,9位詩人11本書。
謝碧修：《唸予阿母聽的詩》
楊淇竹：《母親與聲音》
李昌憲：《詩的活種》、《生態詩選》
蔡榮勇：《日記,謝謝你》
陳秀珍：《遇到巴列霍》、《人間天國》
利玉芳：《天拍殕仔光的詩》
方耀乾：《金色的曾文溪》
陳明克：《茫霧中ê火車》
戴錦綢：《啟程》

2022.09.17（六）上午在忠寮詩路安裝陶板

10：00 抵達忠寮魚菜共生示範園區。杜守正老師與忠寮鄉親演唱。貴賓致詞後，人群徒步到忠寮詩路（桂花樹往後寮1號），匠師巧手完成陶板安裝，巫宗仁區長也來參與揭牌。入口意象白鷺鷥。李鎮榮理事長、杜守正校長與志工群，提早前置作業，邀詩人在郭老師指導下完成陶板詩！

回忠寮魚菜共生示範園區午餐，牆上展示 2017 年詩人種桂樹後簽名的圓鍬，不禁想起每位詩人身影。

2022.09.17（六）下午在塔塔藝術工作室彩繪陶盤

在地陶藝家郭老師指導，詩人與所有參與者完成陶盤彩繪。

讀詩會，首先魁賢老師語帶哽咽宣布，我們的阿根廷詩人朋友 Ricardo Rubio 今年 5 月病逝。大家為這位高貴的紳士低首默哀。一輪讀詩會後，詩歌節結束。依舊詩短情長，期待來年相會！

2022.09.18（日）回首詩歌節

許慧明董事長與魁賢師把詩歌節帶入忠寮社區，把詩的種子撒在在地的土壤，最後社區也成主辦者之一。詩歌節七年來提升淡水成為文化城市的地位，淡水人以擁有自己的國際詩歌節為傲，每年詩歌旗幟飄揚，城市光榮感油然生起。

詩歌節從點到線到面逐年成長與拓展,像一顆種子到一棵樹到一片森林的歷程。在經驗累積下創新,每年都像站在新巨人肩上創造新高度。

　　從詩創作、詩互譯、建立國際友誼,三方面檢驗福爾摩莎國際詩歌成果,每年都迭創佳績。相較於世界各國,福爾摩莎國際詩歌節最重詩創作與詩互譯的延續。因為許慧明董事長的領導力與堅持,淡水福爾摩莎國際詩歌節成為國際詩壇盛事!

【附錄六】走詩淡水
——2023年淡水福爾摩莎國際詩歌節紀要

主辦單位：世界詩人運動組織、淡水文化基金會、淡江大學、忠寮社區發展協會、淡水社區大學

協辦單位：淡水區公所、將捷金鬱金香酒店、淡江大學外國語文學院、淡江大學覺生紀念圖書館、淡江高級中學、淡水國小、水源國小、鄧公國小、忠山國小

贊助單位：文化部、淶滬文旅、杜聰明博士獎學金基金會

國外詩人：Oscar René Benítez（美／薩爾瓦多）、Dalila Hiaoui（摩洛哥）、Angelo Torchia（義大利）、Carlos Enrique Gonzales（美／秘魯）、Christopher Okemwa（肯亞）、Gjekë Marinaj（美／阿爾巴尼亞）、Nagae Yūki 永芳 佑樹（日本）、Raúl Gibrán（墨西哥）、Winston Morales Chavarro（哥倫比亞）、Maria Mistrioti（希臘）、Paloma Moset Moscardo（西班牙）、Khosiyat Rustamova（烏茲別克）。

國內詩人：方耀乾、王亞茹、王翊沛、王聖元、利玉芳、吳明娟、李昌憲、李魁賢、杜東璃、林鷺、林怡君、林盛彬、張台瓊、張素妹、陳秀珍、陳明克、游淑慧、楊巽、楊淇竹、楊巽、蔡榮勇、戴毓芬、戴錦綢、謝碧修、簡瑞玲、羅得彰。

主要活動內容：
（1）淡水捷運國際詩展Poetry Exhibition at MRT Tamsui Station
時間｜9/15-10/31
（2）詩與畫的界線：愛、自由與和平──詩畫聯展
時間｜9/15-9/26　10:00-17:00，每週一休館
地點｜淡水文化園區－殼牌倉庫　C棟藝文展演中心
（3）詩的聚會所
時間｜9/21開始　常設展
地點｜淶滬文旅（The Life Hotel of Tamsui）
（4）國際詩人與淡水藝術家聯展交流會
時間｜9/25（一）14:00-17:30
地點｜淡水文化園區－殼牌倉庫　C棟藝文展演中心
（5）2023淡水福爾摩莎國際詩歌節詩展
時間｜9/21-10/15
地點｜淡江大學覺生紀念圖書館
（6）詩書發表會
時間｜9/21（四）16:30-18:00
地點｜淡水文化園區－殼牌倉庫　C棟藝文展演中心
（7）淡江大學開幕式暨詩歌朗誦
時間｜9/22（五）10:00-12:00
地點｜淡江大學文錙音樂廳
表演者：Angelo Torchia（義大利）、杜守正老師、Wilfred Mose Ombiro（肯亞）、淡江教職員合唱團

（8）校園詩歌推廣活動

時間｜9/23（六）09:30-12:00

地點｜淡水國小、水源國小、忠山國小、鄧公國小、淡江中學

（9）淡水福爾摩莎詩歌音樂會

時間｜9/23（六）16:30-18:00

地點｜將捷金鬱金香酒店　望高樓（Golden Tulip Fab Hotel）

（10）走讀中田寮詩路

時間｜9/24（日）10:00-12:00

地點｜忠寮魚菜共生園區

世紀瘟疫蔓延，2020、2021、2022年詩歌節期程縮短，時隔三屆四年，2023淡水福爾摩莎國際詩歌節再次迎來外國詩人。

2023.09.21（四）淶滬文旅報到／文化街車導覽／新書發表／紅樓迎賓晚宴

　　14：30開始報到。口譯同學提前到大廳。15：30，詩人分乘以漢英導覽五虎崗的專車。

　　16：40-18：00新書發表，重回殼牌倉庫（前三年分別在不同地點）。以下擇要記錄：

> （1）秀威出版李魁賢漢譯【名流詩叢】四種，即【名流詩叢】47《土耳其詩選》、【名流詩叢】48《甜美的安妮奇洛娜》、【名流詩叢】49《番紅花颯颯響》和【名流詩

叢】50《情話》，其中《番紅花颯颯響》作者達麗拉・希雅奧薇（Dalila Hiaoui摩洛哥／義大利）出席念詩。

(2) 美國拉曼洽出版集團N（La Mancha Publishing Group）出版薩爾瓦多／美國詩人歐斯卡・貝尼帖茲（Oscar René Benítez）詩集漢西雙語本《老茄苳（另名《老楓樹》）／The Old Maple Tree》，由漢譯者李魁賢介紹，並念主題詩〈老茄苳〉，描寫淡水水源里楓樹湖那棵百年老茄苳。

(3) 李魁賢英詩合集第一卷《As The River Flows》（如河暢流），由美國加州拉曼洽出版集團出版，由該集團創辦人著名詩人歐斯卡・貝尼帖茲親自出席發表。全套四卷共包含989首詩，出齊將達一千餘頁，是一項創舉。

(4) Christopher Okemwa（肯亞）漢英詩集《蜂蜜酒上的暮光 CHRISTOPHER OKEMWA：Selected Poems》，羅得彰漢譯。

(5) 蔡榮勇《寶斗・北勢寮》(6) 陳秀珍《房間》(7) 方耀乾《詩人》(8) 戴錦綢《回家》(9) 羅得彰《台灣日・南非夜》(10) 王亞茹《我在淡水》(11) 翊沛《愛在淡水》迎賓晚宴在建於西元1899年的紅樓，經典中式菜餚齒頰難忘。

2023.09.22（五）開幕式／詩遊校園之旅

10：00 開幕式在淡江大學文錙音樂廳。

許輝煌學術副校長：淡水自17世紀就非常國際化，淡江大學已有73

年歷史，3化教育政策中國際化居首，因此非常高興國內外三十多位詩人齊聚淡江交流，更有福的是我們透過詩人吟唱來感受詩的魅力。我們外語學院非常用心，把開幕活動做成音樂會饗宴。

淡水文化基金會許慧明董事長：在這感動的時刻，大環境也難免有感傷的時刻。我請大家一起為摩洛哥最近地震死傷者致哀，特別是包括 Dalila 的親人。我們多年來推動福爾摩莎國際詩歌節，一年比一年更有成就，光榮屬於我們大家。今年是時隔三次詩歌節後，我們再次有機會將淡水介紹給國際，也邀請國內外詩人團圓，這正是昨天 Dalila 在殼牌倉庫所說的歡迎大家回家，回來這個詩美之鄉。今年節目相當精彩，我們還要去淡水歷史悠久的忠寮——李魁賢老師的故鄉。忠寮這幾年也轉化為詩文的社區，我們要參與忠寮詩路。

世界詩人運動組織李魁賢副會長：淡水福爾摩莎國際詩歌節自2016年舉辦以來，在淡水文化基金會主持下，獲得淡江大學很大的協助，記得首屆 2016 年開幕典禮就是在淡江大學舉行，為慶祝淡江大學創校 66 周年，張校長親自出席。八年來淡水福爾摩莎國際詩歌節的舉辦，已經做出很多實績，包括秀威出版社協助國內外詩人出版詩集，來過淡水的外國詩人我儘量幫他們漢譯。截至目前為止，我和秀威合作，策劃三套詩叢，包括名流詩叢、含笑詩叢、台灣詩叢，至今合計出版超過一百本。此外，我編台灣詩選在外國出版的，有料想不到的很多國家，包括智利、西班牙、美國、墨西哥、哥倫比亞、土耳其等等。在台灣外交關係困頓的情形下，能在外國翻譯出版詩選，把台灣，尤其是淡水的名聲傳揚出去。多年來我們努力有成，去年我們把國際詩交流所獲的許多書，捐給淡江大學覺生紀念圖書館，期待我們

能在此建立一個國際詩交流中心,讓淡江大學的教授、學生做研究時,有許多資料可以運用。我今年又繼續清出一些書,也將我畢生所收集和運用過關於里爾克的書籍,包括德文、日文、英文、華文等等都整理出來,準備交給覺生紀念圖書館,我還會繼續整理捐出需要的各國詩集和詩選集。我想我們應盡力協助淡江大學,讓台灣其他校做不到的,由淡江大學來做,讓淡江大學成為台灣唯一的一流的國際詩交流中心,這是我深切的期待。

音樂會首先由杜守正老師用古他彈唱李魁賢老師的詩〈茨後一欉老茄苳〉,再與水源國小孩子合唱〈回到水源〉。開唱前,杜老師先說為〈茨後一欉老茄苳〉譜曲的故事,並請魁賢老師上台朗讀這首讓人印象深刻的詩。

四度來台的 Angelo 演唱〈ILHA LA FORMOSA 福爾摩莎島／台灣!台灣!〉和〈IO BALLANDO 我在跳舞〉。長達四年等候,Angelo 亟需一場演唱消化對淡水的鄉愁。

肯亞詩人 Christopher Okemwa 帶著表演藝術家 Wilfred Ombiro 上台,Ombiro 搬來自製的八弦牛皮樂器表演肯亞部落傳統慶祝歌舞〈Asuga〉,在歌曲的第二個部分,Christopher Okemwa 帶動觀眾跳舞。最後淡大教職員合唱團表演〈像一朵小花〉〈梭羅河畔〉。

中午在外國語文學院吃便當暨交流。下午兩點,在詩集展的覺生紀念圖書館朗誦、寫即興詩。魁賢老師致詞表示,疫情期間大家並未忘掉詩。詩歌節年代越久,成果累積越豐碩。余美瑛及洪澤南老師中古漢語詩詞吟唱,日本女詩人永方佑樹帶來身穿日本傳統服飾的和歌詩人朗誦家野口あや子(Ayako Noguchi)與御手洗靖大(Mitarai

Yasuhiro），吟唱俳句與和歌。

　　詩集展中有一厚重國際詩選集格外醒目，魁賢老師與我不只一次參加 Christopher Okemwa 編選的國際詩選集，初見面一見如故。

　　17：00 前往福容大飯店，留一小時給詩人捕捉漁人碼頭落日。開幕晚宴於 18：00 在 3 樓碧玉翡翠廳。

2023.09.23（六）校園交流／一滴水紀念館和滬尾藝文步道／望高樓音樂會

　　繼 2016 年，今年詩人分五組走進中小學：淡江中學、淡水國小、水源國小、忠山國小、鄧公國小。

　　淡江中學分工導覽校園。禮堂中學生分享共創一首詩與製成卡片的心得。詩人謹慎解惑，希望對新手有最大的幫助。最後在學生漢英雙語朗讀中畫下句點。聽到學生朗讀我的〈保證〉非常感動。校方送詩人學生創作的雙語詩風景卡（放在手作的信封裡），還送學校的小書包，以及《北台灣宣教報告　馬偕在北台灣之紀事》5 本第一套精裝本！

　　每組各自精彩。水源國小以非洲鼓大陣仗迎接肯亞詩人 Christopher 和表演藝術家 Wilfred Ombiro。

　　下午參觀一滴水紀念館和滬尾藝文步道。以淡水為主題的戶外藝術文學步道，有許多參與此詩歌節的詩人作品。2022.01.19 開幕，參與的詩人都受邀前來。

　　下午 3 點從豔陽下進入將捷金鬱金香酒店望高樓，清涼美好下

午茶。詩歌音樂會於 16:00-18:00 在戶外豔陽下觀音山前。演出者義大利 Angelo、東非表演藝術家 Wilfred Ombiro、台灣音樂家杜守正老師、原住民歌手等，各族群表演精湛。晚上會外會，詩歌交流茶會在淶滬文旅大廳進行。詩人以抽號碼方式決定贈詩對象，詩作將在後天茶會發表，詩人滿懷期待。

2023.09.24（日）忠寮鄉歡迎表演／走讀中田寮詩路／瓦片創作／絹印

　　上午到忠寮。Dalila 找到 2017 年所種以自己為名的桂樹。帳棚內首先由杜守正老師主持中山國小舞獅。舞蹈班也將首次發表會奉獻詩歌節。李萬得理事長致辭歡迎。接著外國詩人朗讀，以及 Angelo、杜守正老師、Wilfred Mose Ombiro 表演。我從絹印活動回來，遠遠地看到大家在 Angelo 熱歌中起舞，最搶眼的是魁賢老師手持柺杖跳舞的畫面，熱情浪漫自然流露。

　　2022 年揭幕的詩路，百多片陶板詩綿延一公里。外國詩人的陶板詩，早已由淡水人代寫，今由作者親揭陶板上書寫作者姓名的粉紅紙頁，並朗讀詩句。

　　今年忠寮社區教詩人把忠寮圖案絹印白 T 恤上。

　　Angelo 接受紅樹林有線電視採訪表示：很榮幸來到淡水忠寮，感謝住民熱情接待，近年來在此的足跡，形成我新的記憶。我寫給台灣的作品，也在此獲得完好保存。

　　李萬得理事長表示，為讓社區國際化，每年都與淡水文化基金會

合作福爾摩莎國際詩歌節,不僅邀各國詩人來忠寮為其導覽,更打造忠寮詩路意象,將詩人足跡留在社區。今年邀來12國45位國內外詩人體驗淡水民情與文化。

2023.09.25(一)真理大學古蹟巡禮／殼牌倉庫詩與畫的界線／茶會

　　上午前往埔頂。真理大學原為馬偕於1882年成立的理學堂大書院,歷史悠久。楊添榮老師生動導覽腳下的歷史。中午回殼牌倉庫階梯教室用餐。Wilfred Mose Ombiro飯後即到樹下彈唱。

　　下午在殼牌倉庫舉行「詩與畫的界線——詩畫聯展交流茶會」。詩人代表李魁賢致詞:「我曾和畫家施並錫合作一本《溫柔的美感》,用詩來配他的50幅畫;後來也與尚畫廊合作,以16首詩配義大利艾倫・德梅茲的雕塑,出版台華英三語《彫塑詩集》。這經驗讓我深深感覺,詩在抓意象用語言表達時比畫家去抓感覺更困難,畫家的視角較寬,所以我們透過畫家的眼光去看,畫家已經過濾了不需要的東西,顯現了焦點,詩人若經過畫面來寫,比親眼看大片自然界去吸收東西更容易,因為畫家已為你精選過,所以詩畫的配合對我來說是非常好的經驗。剛剛稍微逛了一下,看了畫讀了詩,發現詩與畫的對話有很大發展的空間。」

　　畫家由林文昌校長和袁金塔教授代表致詞。

　　詩人李昌憲贈送自己燒製,寫有詩人名字的詩杯。

　　晚上第二次茶會,詩人都能寫出贈詩對象的特質。

2023.09.26（二）立法院康園餐廳／參觀總統府／將捷金鬱金香閉幕晚宴

上午參觀捷運站詩展。繼 2018、2019 年，今日三度前進台灣總統府。13:30 林佳龍祕書長在敞廳接見並致詞歡迎，詩人獲贈杯子。大合照留下足跡。

16:00 在將捷金鬱金香貝殼廳閉幕暨晚宴。許慧明董事長致詞表示今年詩歌節是有史以來最感動的一次，2023 詩歌節走完全程，感謝國內外詩人、忠寮社區……。李鎮榮理事長穿詩人的簽名衫，致詞感謝詩人到忠寮，看到老、新朋友非常高興，這麼多朋友帶來無限想像與可能，大家來忠寮就如回娘家。魁賢老師致詞感謝詩人參與，感謝基金會始終主持詩歌節，感謝淡大合作推廣。今年詩歌節國外詩人具有全球各區域代表性。期待詩歌節續辦下去。林盛彬老師期待成果累積，更多新人參與。杜守正老師有始有終演唱〈厝後一叢茄苳〉，Wilfred Ombiro 果然兌現承諾表演致敬李魁賢老師的歌曲，最後閉幕式由 Angelo 熱唱壓軸。在魁賢老師示意站起來跳舞的手勢中，木頭人的我也加入跳舞。

2023.09.27（三）回首詩歌節

福爾摩莎國際詩歌節歷史越來越長、規模越來越盛大、內容越來越多元、細節越來越繁複，紀實文越來越難周全。今年多了東非肯亞元素，詩歌兼顧表演突出；日本傳統和歌吟唱，讓人耳目一新；每年

詩書畫對話，激出火花；以詩相會的茶會，有最深的心靈交流。

外國詩人錄影、照相，用臉書無遠弗屆傳播淡水藝文、美景與人情。越來越多國際詩人認識、愛上詩美之鄉。參加過多次詩歌節的 Oscar 說淡水得天獨厚，有山有河還有海。魁賢老師說：「接到 Angelo 來信，說每次詩歌節結束，要離開總是依依不捨。詩歌節之前兩星期還寫信問我如何申請入台灣國籍，他想為台灣唱歌。」

賀錦攝影師背負不能拍醜的壓力添購 16mm F2.8 定焦鏡一枚，感謝他年年陪我們完成詩歌節！

很多事情正在進行中，譬如詩人不斷詩寫淡水；還有其他我們尚未確知的甚麼正在祕密醞釀中！

【附錄七】走詩淡水
——2024年淡水福爾摩莎國際詩歌節紀要

　　2024淡水福爾摩莎國際詩歌節閉幕晚會，四十多位國內外詩人接受了第九屆感謝狀。把2015台南詩歌節計入，今年已是福爾摩莎國際詩歌節第十屆。第十紙出席證書，具有說不出的重量。許慧明董事長歷經經費籌措不易、世紀瘟疫攪局，依然負重前行。

　　2016年至2024年，參加的外國詩人總計31國53位（只參加詩展、詩集或線上活動者不計）。53位詩人中，不少人念念不忘詩美之鄉，有如候鳥重返。今年首次有法國、韓國、馬來西亞詩人，受魁賢老師之邀的韓國詩人一來就是四位。

　　今年主題「永續家園」，詩與活動緊扣此一訴求。

　　笠詩社60週年慶，舉辦一系列講座，其中兩場與詩歌節結合，具有與國際詩歌接軌的重大意義。

　　動態活動自9月19日到9月25日，詩人共計九國四十多位。

　　國外詩人：Oscar René Benítez（美／薩爾瓦多）、Angelo Torchia（義大利）、María Fernanda Portés Valencia（厄瓜多）、Elizabeth Guyon Spennato（法國）、池上貞子（日本）、姜秉徹（韓國）、梁琴姬（韓國）、李熙國（韓國）、金春書（韓國）、Malachi Edwin

Vethamani（馬來西亞）、Teresa Olivares Omaña（墨西哥）。

國內詩人：方耀乾、王亞茹、王翊沛、利玉芳、吳俊賢、李永霑、李昌憲、李魁賢、杜東璃、林鷺、林怡君、林盛彬、邱若山、張台瓊、張素妹、陳秀珍、陳明克、游淑惠、楊淇竹、楊巽、潘世軒、蔡榮勇、鄭錫銘、賴錦雀、戴毓芬、戴錦綱、謝碧修、簡瑞玲、羅得彰、羅朝華。

【詩歌節系列展覽】
●淡水捷運詩展
時間｜9月10日－10月31日　地點｜捷運淡水站
●《永續家園》詩畫聯展
淡水女畫家林玉珠、淡水藝術家與臺灣詩人聯展
時間｜9月2日－10月8日，周一休館
開幕｜9月20日（五）10:00
地點｜淡江大學文錙藝術中心
●2024詩集書展、詩書發表會
時間｜9月16日－10月6日
地點｜淡江大學覺生紀念圖書館
【當代詩歌講座】

● 當代臺日女詩人的現實性與翻譯合作的展望
主持人│賴錦雀教授
與談詩人│臺灣詩人利玉芳、日本詩人池上貞子
時間│9月21日（六）14:30-17:30
地點│淡水文化園區——殼牌倉庫　C棟藝文展演中心
● 永續家園：世紀女性書寫與臺灣文化的覺醒
主持人│范情　與談人│黃明川導演
時間│9月21日（六）19:00-21:30
地點│淡水文化園區——殼牌倉庫　C棟藝文展演中心
共同主辦│財團法人杜聰明博士獎學基金會
● 臺韓現代詩外譯及臺韓在翻譯合作上的展望
詩人│臺灣詩人　李魁賢、韓國詩人　姜秉徹
時間│9月22日（日）15:00-17:00
地點│淡水文化園區——殼牌倉庫　C棟藝文展演中心

指導單位│文化部、新北市政府農業局
主辦單位│世界詩人運動組織、淡水文化基金會、淡江大學、忠寮社
　　　　　區發展協會、淡水社區大學
協辦單位│淡水區公所、淶滬文旅酒店、紅磚堡事業有限公司、杜聰
　　　　　明博士獎學基金會、淡江大學外國語文學院、淡江大學覺
　　　　　生紀念圖書館、淡江大學文錙藝術中心、淡江高級中學、
　　　　　淡水國小、鄧公國小、忠山實小、水源國小、新興國小、
　　　　　新市國小

2024.09.19（四）淶滬文旅報到／文化街車導覽／淶滬文旅酒店迎賓晚宴

　　13：30 在淶滬文旅（原來的亞太飯店）報到。賀錦攝影師早已到場。

　　14：30，國內外詩人分乘漢／英導覽的文化專車遊歷五虎岡。未如往年繼之以新書發表。時間充裕，街車暫息滬尾藝文休閒園區，詩人走訪和平公園、一滴水紀念館、滬尾藝文步道、雲門劇場……。微陰，不似往年燥熱，加以導覽員生動的民間傳說，久別重逢的海內外詩人都擁有彩色心情。

　　豐盛迎賓宴在淶滬文旅，韓國四位詩人晚宴過半才趕到，為我韓譯的姜秉徹與梁琴姬一坐下就笑容可掬喊我名字。梁琴姬樸素清澈，帶來精緻厚重著名的文學季刊《大石文學》送我，其中有她為我韓譯的數首詩。韓國詩人熱情有禮貼心。

2024.09.20（五）開幕式／詩展揭幕會

● 開幕式

　　上午10：00於江大學文錙藝術中心，羅得彰老師主持。詩人與藝術家近百齊聚《永續家園》詩畫聯展現場。畫展展出淡水女畫家林玉珠及多位藝術家以淡水景色，或永續家園為題的創作。

開幕音樂會由羅朝華老師演奏二胡〈淡水暮色〉等,洪澤南老師、余美瑛老師吟唱汪李如月詩作,感動台灣人的歌〈母親的名叫台灣〉由作者王文德老師親自演唱,杜守正老師吉他演唱《咱的愛》(碧修改作/秀珍原作),Angelo Torchia 演唱義大利歌曲。

淡水文化基金會許慧明董事長致詞:歡迎大家來到詩美之鄉淡水,很期待大家共同來創造令人羨慕與讚美的詩美之鄉,我要替這次詩歌節的節目做廣告,我們今年在淡江大學的展覽非常精彩,特別要感謝文錙藝術中心張炳煌主任!淡水福爾摩莎國際詩歌節今年邁入第九年,累積豐富的詩文創作和國際交流經驗,也為淡水的城市文化交流打響國際知名度。

世界詩人運動組織(PPdM)副會長 Oscar René Benítez 代表詩人致詞:詩歌連結人與人的情感,身為詩人不僅要創作詩歌,還須引發人們對各種全球性議題的關注。

淡江大學外語學院院長林怡弟致詞:歡迎國內外來賓,淡江大學致力推動與在地社區共同發展文化,期許持續共創美好文化回憶。

● 詩展揭幕會

詩展揭幕會 13:30 於淡大覺生紀念圖書館 2 樓學研創享區。展覽包括《笠》詩刊 1 至 360 期、歷年詩歌節合集《詩情海陸》《福爾摩莎詩選》、歷年詩歌節詩人贈書、智慧 e 筆書畫展展出淡水第一位女詩人汪李如月以及李魁賢等 43 位詩人 48 件詩作。

揭幕會由汪李如月之侄李福然介紹其生平及後人集結並出版的作品《團卿詩集》；贈書儀式由李福然代表汪李如月家屬、李魁賢老師代表國內詩人、韓國姜秉徹代表國外詩人，贈送淡大詩集共 26 冊，林怡弟院長代表接受。洪澤南與余美瑛老師分別吟誦汪李如月詩作。

今年新書特別多，分兩場在不同時地發表。

● 第一場新書發表會

01.李魁賢韓漢英三語詩集《台灣意象集》（대만의 형상／Taiwan Images Collection），由姜秉徹發表。

02.李魁賢英文詩集第 2 卷《As The Drum Beats》（如鼓擂鳴），由薩爾瓦多／美國詩人歐斯卡・貝尼帖茲（Oscar Benítez）發表。

03.李魁賢法漢葡三語詩集《島嶼台灣》（L'Île de Taïwan），由譯者伊麗莎白（Elizabeth Guyon-Spennato）發表。

04.李魁賢詩集《太陽之子》（The Son of Sun【名流詩叢】51）

05.韓國姜秉徹詩集《竹林颯颯》（Sounds of Bamboo Forest，秀威【名流詩叢】52，李魁賢譯）

06.韓國梁琴姬詩集《鳥巢》（Nests of Birds，秀威【名流詩叢】53，李魁賢譯）

07.陳明克《詩帶著陽光Poems With Sunshine》（秀威【台灣詩叢】）

08. 方耀乾《宇宙是一座燦爛的花園Cosmic Blooms》（秀威【台灣詩叢】）
09. 方耀乾《天頂有千千萬萬蕊閃爍的目睭：方耀乾二行詩》（開朗雜誌）
10. 簡瑞玲《總是有詩》（秀威【台灣詩叢】）
11. 王翊沛《淡水遇見詩》
12. 吳俊賢《花生蓮生》（春暉出版社）

最後，現場創作一行詩與 42 件即興詩。即興詩始於 2022 年，詩作都被淡江大學圖書館珍藏。

晚宴於福容大飯店 3 樓水仙廳。詩人透過飯店明窗捕捉夕陽。

2024.09.21（六）淡水女性文藝之旅

上午女性地標走讀，范情老師導讀。路線：林玉珠故居→重建街→戀愛巷→木下靜涯故居→馬偕銅像→馬偕街→禮拜堂→真理街→淡水女學校→馬偕墓園→姑娘樓。范老師介紹了在地傑出女性，包括汪李如月、林玉珠、張聰明、蔡阿信等。在王昶雄故居前，范老師領唱〈阮若打開心內的門窗〉。王昶雄與林玉珠的戀愛巷，最讓大家回首。

大雨如瀑，詩歌節頭一遭。口譯同學幫外國詩人撐傘，但幾乎不管用。中午進領事館咖啡廳午餐，窗外海關碼頭、石橋籠罩煙雨中詩意瀰漫。餐畢許多詩人搭專車返旅館更衣。歌手 Angelo 最怕金嗓

受傷。

14：00 於殼牌倉庫，賴錦雀教授主持，笠詩社社長利玉芳與日本作家池上貞子對談：「當代台日女詩人的現實性與翻譯合作的展望」。利社長一一介紹笠女詩人與其反抗性的詩。19：00 范情老師主持，黃明川主講「永續家園——世紀女性書寫與台灣文化的覺醒」。

2024.09.22（日）忠寮人文之旅／韓國文學饗宴

● 忠寮人文之旅

9：30 至忠寮。社區歌舞迎賓。淡水愛樂演奏〈流浪到淡水〉；水源國小表演芭蕾舞；長輩在十八姑娘一朵花歌聲中跳揉球舞。Angelo 唱〈台灣台灣〉。

2017 年詩人在此種下桂樹、2021 年鄉親為詩人打造陶板詩路，忠寮把詩人的心緊緊抓住。8 月 31 日，包括我在內的北部笠詩人，已不知第幾回來此為外國詩人寫陶板詩了。走詩路、揭幕陶板詩，成為這兩年詩歌節重要儀式。鎮榮理事長創作台語詩〈詩人〉：「長長的這條絲／牽到地球的五大洲／牽著地方的故事／牽著大家的央望」。

鄉親年年給人驚喜，今年教詩人採詩路的葉片，把葉脈壓印在麻袋，完成後大家都愛不釋手。

● 韓國文學饗宴：韓國文學新趨勢

14：30 於殼牌倉庫。詩人在講座進行前特地回旅館換裝，再匆忙趕來。他們帶來幻燈片、卡片詩，也影印分享詩，嚴謹態度讓人起敬。

上半場：金美熙介紹流行於韓國的攝影詩。梁琴姬分享國際交流下韓國文學的世界化，她透露 2025 年將出版中英韓三語選集。李熙國介紹四首代表作。姜秉徹介紹一行詩。

下半場：魁賢老師與姜秉徹對談「台韓現代詩外譯及台韓在翻譯合作上的展望」。兩位詩人回顧與擴大台韓文學交流有關的各種問題，並提出振興台韓文學交流之道。

2024.09.23（一）益品書屋新書發表會／大臺北尋訪

10：20 第二場新書發表會在益品書屋。發表詩集計有：

1. 伊麗莎白（Elizabeth Guyon-Spennato）《臉上的太陽》
2. 蔡榮勇《鹽寮撿石頭》（秀威）
3. 李昌憲《台灣尋詩行旅》（秀威）、《勞動者之歌》（春暉）
4. 楊淇竹《海洋鄉愁》（釀【含笑詩叢】）
5. 陳秀珍《聖誕月在墨西哥》（釀【含笑詩叢】）
6. 張素妹《大屯微醺》（釀【含笑詩叢】）
7. 游淑惠《淡水相思》（釀【含笑詩叢】）

下午於渡船頭搭船往大稻埕。2016 年首次搭船遊賞，往返渡船頭與關渡之間。此刻有風無雨，站在船首或船頂吹吹風，看看山的倒影、魚的彈跳、雲的幻化，遺忘時間。大稻埕風雨相迎。自由活動，詩人各自決定方向。

2024.09.24（二）走進校園交流／茶席體驗／閉幕晚會

● 走進校園交流

　　繼 2016、2023 年，今年三度走入中小學。各組分搭計程車前往淡水國小、鄧公國小、水源國小、中山實小、新興國小、新市國小、淡江中學。

　　鄧公的小朋友熱歌勁舞，導覽組介紹兩條校狗以及校園植物。小朋友在大教室裡朗讀自己的詩，也贈送小詩人作品集《淡水河在唱歌》。校長與老師都為交流投入許多心血。被師長點名評論，我除了認真謹慎給意見，也高度肯定小詩人熱情，更鼓勵擴大書寫對象。

● 茶席體驗

　　13：30 在紅樓咖啡館體驗台灣茶席。雲峰茶莊負責人劉學昭老闆簡介茶史。「台灣茶葉之父」李春生曾孫李福然先生介紹李春生與台灣茶貿易。李素梅老師與七位女茶藝師一律白衫，每一茶桌布置清新花草。

- 講座：李昌憲 VS. Malachi Edwin Vethamani

　　茶席後半，李昌憲詩人與馬來西亞詩人 Malachi Edwin Vethamani 對談：面對一個產業與科技快速發展的社會，詩人可以如何回應？

- 閉幕晚會

　　閉幕晚會 17：00 於金鬱金香酒店貝殼廳。
許慧明董事長致詞：「來自全球各國和台灣的詩人朋友大家晚安！2024 年淡水福爾摩莎國際詩歌節一下子就走到閉幕了，我非常捨不得，怎麼時間過得這麼快！這幾天我們在殼牌倉庫座談，詩人分享詩作，我非常感動，這是我過去未曾有過的特別經驗，那時我忽然間覺得要向李鎮榮學習，我要開始學寫詩，你們來教我怎麼寫詩好不好？這幾天對我來說就是詩的時光。我要特別感謝詩歌節的共同主辦單位，首先是淡江大學與盛彬老師領導的淡江團隊，包括我們的口譯同學團隊，我們給淡江大學、政大以及輔大的同學鼓掌讚美，謝謝你們！我們也給共同主辦單位忠寮社區發展協會鼓掌！每年到忠寮，都會讓大家難忘。今晚我特別介紹出席的贊助單位，永慶房屋相關的加盟四位代表夥伴，希望日後繼續合作。今晚最重要的就是我們來自世界各國還有台灣的詩人朋友。我們已經開始在想明年，我邀請大家給我們建議，大家期待的 2025 年淡水福爾摩莎國際詩歌節要如何呈現，大家要怎麼樣的參與，我很想藉此機會聽大家對我們的期許，請大家不用客氣，稍候各位詩人朋友上台請告訴我，告訴我們主辦單

位，我希望我們的詩歌節永續辦下去，一年比一年更好。」

表演節目包括杜守正老師引發共鳴的彈唱〈茨後一欉茄苳〉（魁賢老師台語詩），以及 Angelo Torchia 演唱〈台灣！台灣！〉。

往年只請外國詩人在接受感謝狀後發表感言，今年也留時間給國內詩人。第二位被請上台的我，毫無心理準備。我說：「每到閉幕總是心情複雜，想到我和 Oscar 已經認識九年了，感覺是一件多麼恐怖的事啊！2015 年第一屆台南福爾摩莎國際詩歌節我就開始參加，至今沒有缺席過，我對詩歌節有很深的感情，所以特別感謝董事長能堅持辦下去……。總之，詩歌節如此短，思念如此長，但願今年來的外國詩人，來年還能相見！」林鷺詩人呼應我的說法，且說得更全面。每位詩人都有或幽默或真誠的表述。

在許慧明董事長領唱〈淡水暮色〉中，詩人拍下今年最後一張大合照；在擁抱中和外國詩人道別。

2024.09.25（三）回首詩歌節

詩人姜秉徹 2023.02.13 陸續為我韓譯詩並發表，02.14 我開始大力推薦台灣詩人與詩作供其韓譯。毫無例外，第一個介紹魁賢老師，一方面因他是國寶級，一方面知道兩位必定攜手推動交流，果然老師漢譯姜秉徹的《竹林颼颼》與梁琴姬的《鳥巢》。李熙國的《在停車站》也已譯畢。漢譯《韓國詩選》也即將進行。以上均列秀威【名流詩叢】。姜秉徹已為李老師韓譯出版《台灣意象集》（대만의 형상／Taiwan Images Collection，韓漢英三語詩集）。

繼姜秉徹，女詩人梁琴姬也為我韓譯。他們與李老師合作的韓譯台灣詩人合集正在進行。2025年姜秉徹將韓譯台灣個人詩集，包括羅得彰老師詩集與陳秀珍詩集《親愛的聶魯達》。2024年，魁賢老師開啟了台韓詩歌大交流的新時代。

2021.05.01法國女詩人伊麗莎白邀我以台語朗讀參加她的線上詩會，我則向她邀稿，迄今每一期《笠》詩刊都有她的作品。她熱愛台灣與原民文化，對台灣國際情勢與歷史的了解比一般台灣人深入；她擅用多聲帶語言大分陸續譯介台灣詩，並促成國際詩選集，辦詩會提高台灣詩在法、義等歐陸的能見度。詩歌節後，10.05她在普羅旺斯參加台灣駐法國代表處酒會，介紹了2024淡水福爾摩莎國際詩歌節。2025年1月17日，她在普羅旺斯舉辦「台灣，詩意沉浸」的活動，介紹台灣詩與歷史，包括原民的歌曲。

去年與今年詩歌節期間都有外國詩人要求我提供詩歌節訊息，以便其國內媒體報導。

兩次夜間茶會延續日間詩情。平時晚間八點就寢的魁賢老師都陪詩人熬到茶會結束，其對詩人朋友的深情不言而喻。

回首詩歌節，如台灣茶甘甜。淡水文化基金會許慧明董事長暨所有工作團隊都是泡茶的人！

（注1）：2015年9月在台南舉辦第一屆福爾摩莎國際詩歌節，邀請到11國14位外國詩人和約50位國內詩人出席。

（注2）：李魁賢老師在2019年《詩情海陸》編後記統計，淡水福爾摩莎國際詩歌節前三年（2016、2017、2018）有21國31位，報名後因故缺席未到者不計在內，來過兩次者亦不重複計算。21國包括：
阿根廷、阿魯巴、孟加拉、玻利維亞、英國、加拿大、哥倫比亞、塞浦路

斯、厄瓜多、薩爾瓦多、德國、印度、伊拉克、以色列、義大利、日本、墨西哥、摩洛哥、秘魯、西班牙、突尼西亞。

（注3）：筆者統計2019年新增5國9位。5國包括：
巴西、智利、庫德斯坦、羅馬尼亞、美國
（注4）：筆者統計2023年新增2國5位。2國包括：
阿爾巴尼亞、肯亞
（注5）：筆者統計2024年新增3國8位。3國包括：
法國、韓國、馬來西亞
（注6）：筆者統計，淡水福爾摩莎國際詩歌節2016至2024年國外參加者總共31國53位詩人。

含笑詩叢31　PG3187

釀 淡水玫瑰
——陳秀珍詩集

作　　者	陳秀珍
責任編輯	吳霽恆
圖文排版	黃莉珊
封面設計	嚴若綾

出版策劃	釀出版
製作發行	秀威資訊科技股份有限公司
	114 台北市內湖區瑞光路76巷65號1樓
	電話：+886-2-2796-3638　傳真：+886-2-2796-1377
	服務信箱：service@showwe.com.tw
	http://www.showwe.com.tw
郵政劃撥	19563868　戶名：秀威資訊科技股份有限公司
展售門市	國家書店【松江門市】
	104 台北市中山區松江路209號1樓
	電話：+886-2-2518-0207　傳真：+886-2-2518-0778
網路訂購	秀威網路書店：https://store.showwe.tw
	國家網路書店：https://www.govbooks.com.tw
法律顧問	毛國樑　律師
經　　銷	聯合發行股份有限公司
	231新北市新店區寶橋路235巷6弄6號4F
	電話：+886-2-2917-8022　傳真：+886-2-2915-6275

出版日期	2025年8月　BOD一版
定　　價	320元

版權所有・翻印必究（本書如有缺頁、破損或裝訂錯誤，請寄回更換）
Copyright © 2025 by Showwe Information Co., Ltd.
All Rights Reserved

Printed in Taiwan

讀者回函卡

國家圖書館出版品預行編目

淡水玫瑰：陳秀珍詩集 / 陳秀珍著. -- 一版. -- 臺北市：釀出版, 2025.08
　面；　公分. -- (含笑詩叢；31)
BOD版
ISBN 978-626-412-114-9(平裝)

863.51　　　　　　　　　　　114009573